神竜帝国のドラゴンテイマー

II

八茶橋らっく
Yasahashi Rakku
イラスト
ゆーにっと

CONTENTS

プロローグ ◆ 神々の死闘

神代、それは人型種族の歴史が始まるよりも遥か以前、神々のみが存在していた古の時代。

その時代より神々の住まう地としてあり続けたのが蒼穹に浮かぶ聖域、天界である。

雲海の中を浮かぶ巨大な島の各所には、葉を淡く輝かせる木々が伸び、水路には清い水が流れ、滝のように地へと降り注いでゆく。

その中央には、白磁色の柱で支えられた巨大な城が聳えていた。

幻想的とも形容できる空間の中、万物の創造主たる神々らは自由気ままに過ごし、時にその役割を果たして地上へと自らの被造物を生み落としていった。

天界は人の世のような汚れや穢れ、暴力や謀略とは無縁の楽園であり、永い永い時を、ただ神々と共に刻むのみであった。

そう、とある一柱の神が反旗を翻し、瞬く間に天界を……大半の神々を黒の魔で呑むまでは。

この世のものとは思えぬ精緻さで築かれた城は焼け落ち、今や瓦礫の山と化している。
抜けるようだった蒼穹は人血の如き赤黒さで塗り潰され、木々は燃えて灰を撒き、清らかだった水

は枯れ尽くしていた。

今や天界に残る神々は少なく、その場に余人がいたならば、誰もが神々の時代の終焉を感じずにはいられなかっただろう。

……しかしながら、その滅びに抗う一柱の神が在った。

『オオオオオオオオオ！』

銀の牙の並ぶ顎を開いて咆哮（ほうこう）を轟かせ、深紅の炎に揺れる大気を裂き、巨躯が宙に躍り出る。

その神は宝玉の如き月光色の鱗（うろこ）を纏（まと）い、舞い散る火の粉の中、二対四枚の翼をはためかせた。

砕けた天界の石畳を強靭な四肢で踏みしめ、大樹の如き尾をゆらりと振るう姿は、平時ならば誰もが吐息を漏らすほどの精悍（せいかん）さと美しさ、何より力強さを秘めていた。

されどその翡翠（ひすい）の瞳は今や怒りと覚悟に燃え、視界に映るかつての友にして怨敵（おんてき）を、確実に滅ぼさんと照っている。

『魔神ノルレルスッ！　貴様という奴はどこまで……どこまでッ！　破壊の限りを尽くしたところで貴様の願望は決して叶わぬぞ！』

気高き怒りは万人どころか万物が震えて砕けるほどの圧を伴い、魔神ノルレルスと呼ばれた青年へと叩き付けられる。

しかし彼は少し長めの黒髪を揺らし、こともなげに爆炎の中から姿を見せる。

炎の中にあってもなお輝く赫々（かっかく）の瞳は、その輝きよりも、触れてはならぬおぞましさと死を感じさせる気配に満ちていた。

体の線は細く、少女と見紛うほどに中性的な顔立ちではあるものの、その表情は不思議と乾いた印象を抱かせる。

黒を基調とした衣服には血色の装飾が入り、手にした赫槍(かくそう)には闇色の力が蠢(うごめ)き、神々の血肉と魂をさらに食らわんと疼いていた。

ノルレルスは口角を小さく持ち上げ、薄暗い笑みを浮かべる。

「いいや、叶うともさ。他の有象無象(うぞうむぞう)の神々を殺せば、要らぬ仁義とやらに魅入られた君が出てくるのは必定。そうなれば君を慕う彼女も出てこざるを得まい。そうだろう？　竜の父祖たる神……神竜エーデル・グリラス」

ノルレルスの言に、エーデルは唸(うな)り声を増した。

確かに奴の言う通りになるだろうと、確信めいた予感があったからだ。

だが、そう易々と叶えてやるわけにもいかなかった。

『……だからどうしたと言うのだ。あやつが来る前に。貴様を魂ごと、粉微塵にしてしまえばよいだけの話だッ！』

エーデルは口元に淡い月光色の魔力を溜め込み、ノルレルスを狙う。

竜の祖にして神たる神竜エーデル・グリラスのブレスは、最早古竜のそれを上回り、一撃で数多の大山を更地にして余りあるほど。

下手をすれば天界ごと消し飛ぶほどの威力。

文字通りの天災であるが、エーデルは躊躇(ちゅうちょ)なくそれを放った。

何せ相手は多くの神々をなぎ払い天界を滅ぼしつつある、魔に属する者の頂点たる、魔神なのだから。

手加減できる道理は一切なかった。

……その、神竜の名に恥じぬ、滅びそのものである月光を、

「最早この程度とは。残念だよ、我が古き友よ」

ノルレルスは赫槍の一振りで軌道を変え、真上へと弾いてしまった。

直後、天界より彼方、巨大な太陽が咲くように光と衝撃が解き放たれた。

弾かれたエーデルのブレスの余波は、既に半壊していた天界を叩き、瓦礫の山を増やしていく。

その光景を一通り見守った後、衝撃波と突風が凪（な）いだところで、ノルレルスが「何故」と静かに口を開く。

「何故、君は僕に抗う。力をこの程度に落とした末、得られるはずだった未来すら投げ捨てて。君は……どうして彼女にそこまで肩入れする」

ノルレルスはエーデルへと、ゆっくりと歩みを進めていく。

「弱き者は強き者の糧（かて）となる。それは僕ら神々がこの世に敷いた揺るがざる決まりごとだ。であるのに君は、君らは敢（あ）えてその決まりに逆らおうと言うのかい？」

『……』

「何より何故……君らは僕を裏切ったんだ」

これまで余裕かつ殲滅（せんめつ）以外の意思と感情を見せなかったノルレルスの瞳に、一筋の悲しみと憐憫（れんびん）の

色が混じったのを、エーデルは逃さずに感じ取った。

倒すべき敵ながら、かつての友から感じてしまった、どうしようもない想い。

生来宿っている竜特有の機敏な交感能力について、エーデルが生涯で唯一恨んだ瞬間であった。

彼は翡翠色の瞳を一瞬閉じ、友への想いを覚悟に変え、力強く見開いて吠える。

『それは……我らの営みが邪悪のそれと、愛を欠く行いであったと恥じ、悟ったからだ。他の神も同様の思いだった！』

「ハッ……！　だから消し去ってやったのさ。実に愚かだ。神族の未来を、行く末を、不確定な未来に託そうなどと……！」

あくまで己を拒むエーデルの言葉に、ノルレルスは犬歯を剥いて叫ぶ。

これ以上の会話は不要、それを悟ったノルレルスが相棒である赫槍を鋭く構えたところで、

「しかしそれを成し得るのが愛なのです」

黒煙を上げ続けていた爆炎が消え、暴風が止み、赤黒い空から黄金の光が一筋落ちてくる。

エーデルの傍らに射したその光は、陽光のような暖かさを孕み、細く儚い人影となる。

「そして我らが滅びようとも……それでも。私は子の味方です」

揺るがぬ口調で語るその者に、ノルレルスは狂犬めいた笑みを浮かべた。

「ようやく出てきたね。永く待っていた、この時を……この瞬間をっ！」

現れた人影へと、神速を以て迫るノルレルスに、決して通すまいと立ち塞がるエーデル。

「退け、エーデル！　彼女をこの場へ引きずり出した時点で君の役割は終わっている！」

『黙れノルレルルス！　我の全身全霊を懸けて、魂を擦り切らせても！　貴様を阻んでくれる！』

魔の神と竜の神、その死闘を見守る黄金の光の主。

その者は自身の腹を一度、小さく撫（な）で、魂を削り合う彼らの行く末を見守っていた。

第一章◆竜脈の儀

……心地よく湯に浸かっているような、朧気な感覚がある。

ここはどこだろう。

場所も状況も分からないけれど、誰かに呼びかけられている気がした。

声音からして女性だろうか。

けれど全身が絹のような膜に覆われているようで、上手く声が届かない。

ぼやけた視界の中、必死に目を凝らすものの、やはり顔立ちすらよく視認できない。

輪郭がなんとなく分かる程度だ。

誰なのだろうと、どうにか確認しようと考えた途端、声も姿も次第に遠ざかっていった。

それはどこか、夢から覚めるような感覚で――

――瞼に光を受け、ゆっくりと意識が覚醒していく。
目を開ければ、カーテンの隙間から陽光が零れていた。
先ほどまで何か夢を見ていた気もする。

けれどすっきりとした目覚めの気分に、思い出そうという気さえ押し流されていった。

起き上がって一度伸びをしてから、思い切りカーテンを開く。

外にはいつも通りの光景が広がっている。

猫精族(びょうせいぞく)の集落であるツリーハウスの下では、朝露(あさつゆ)に濡れた草木が陽光を受けて輝いている。

起き出してきた古竜は各々、水浴びをしたり、翼を広げ陽光に当てて体温を上げたりと、静かな朝を満喫している様子だった。

窓を開け放てば爽やかな朝の風に混じって、香ばしい料理の匂いが漂ってくる。

共同で使っているキッチンのスペースで、誰かが朝食を作っているのだろう。

窓からキッチンの方を眺めていると、部屋の扉が数度ノックされ、首がそちらを向く。

『レイド、おはようございます。もう起きていますか？』

ドアノブを回して部屋に入ってきたのは、俺の相棒にして古竜の姫君であるルーナだった。

彼女は今日も古竜の姿ではなく、人間の姿で活動していた。

腰まで伸びた銀髪は美しく煌(きら)めいて、淡い空色の瞳は今日も澄み、見る者を安堵(あんど)させるような柔らかな笑みを浮かべている。

こちらも思わず笑みを浮かべて「おはよう」と返した。

『今日もいい朝ですね。先ほどロアナとすれ違いまして、既に朝食の準備が整っているようです。早めに行った方がいいですよ』

「そっか。教えてくれてありがとう。俺も身支度を整えたらすぐに行くよ」

自分の姿はまだ寝間着だ。

今更、ルーナや皆に見られて恥ずかしいわけでもないのだが、いつまでもだらしない格好でも仕方がない。

彼女は『分かりました、待っていますね』と部屋を後にする。

……魔王を封印し、ヴァーゼルを倒してから、もう一年ほどが経過していた。

あの頃に比べ、竜の国では少しばかりの変化が起きつつあり、各自が部屋で朝食を作らず皆で一緒に食べる方式に変わったのも、そんな変化の一端だった。

「あっ、レイドお兄ちゃん！　おはよう！」

そのように元気よく話しかけてきたのは猫精族の少女であるロアナだった。

肩までかかる茶髪と頭の上の猫耳を揺らし、体に合った小さなエプロンを身に着けていた。

「ロアナ、おはよう。今日の朝食はロアナも手伝ったのか？」

「もちろん！　今日はあたしも当番だから。後、あたしだけじゃないよ？」

「……レイド、これ。朝食」

早朝だからか、少し眠たげな表情のミルフィが、両手で料理の載ったお盆を持ってきた。

彼女は水精霊の姫君だが、縁あってイグル王国で出会って以降、竜の国で一緒に暮らしている。

そしてミルフィはロアナと同様、エプロンを身に着けているので、この子も朝食の手伝いをしてくれたのだろう。

「ありがとう。先に食べても構わないか？」

「……大丈夫。でも、後で片付けを手伝ってくれると嬉しい」

「任せてくれよ。減ったとはいえ、まだ猫精族(びょうせいぞく)の皆もそれなりに多いしな」

俺は待っていてくれたルーナのいる卓を見つけ、そこへお盆を置き、彼女と向かい合うようにして椅子に座る。

それから匙(さじ)を手に取った。

どうやら今日の朝食はロアナ特製のマタタビパン——最近、ロアナがよく焼くので見た目でなんとなく分かる——と、鳥肉と根菜類を香辛料で煮込んだものらしかった。

口にすると煮込みの方はかなり深い味わいであり、朝から手の込んだものを用意してくれたと感じた。

根菜類の切り口も丁寧なあたり、こちらは几帳面なミルフィが主に頑張ったのだろう。

そうやって朝食とっていると「あうぅ〜」と舌足らずな声が聞こえてきた。

少し離れた卓では、生まれたばかりの赤子の猫精族(びょうせいぞく)が母親にあやされている。

母親はこちらに気付くと会釈してくれたので、こちらも同様にして返す。

そして周囲にいる赤子は何もその子だけではなく、各家庭の子供が各所で父親や母親と一緒に過ごしていた。

……平和になった今、猫精族の間でベビーブームが起こっていたのだ。

竜の国で起こった変化というのが正にこれである。

魔物に故郷を追われ数を減らした猫精族たちは、緩やかではあるものの、それでも確かに次世代へと命を繋いで数を増やしつつあった。

ロアナが早起きして朝食を作るほどに張り切っている理由も、新しい世代の姉となる、といった自覚によるものだ。

こうして朝食を皆で食べる方式になったのも、赤子たちが関係している。

要するにどの猫精族の家庭も赤子の世話で手一杯なので、手の空いている者が皆の食事を作っている、といった寸法である。

魔物の動きが落ち着いた現在、猫精族の多くは故郷である里へと戻って再建を始めている。

けれどまだ竜の国に残っている猫精族も多く、特に赤子のいる家庭や身重の母親は、竜の翼を借りても故郷へと戻る旅は危険かつ避けた方がよいとされていた。

故にこの場所は毎朝、竜の国に残り続けている猫精族たちで賑わっていた。

……こうして小さな命とそれを見守る両親を眺めていると、どこか懐かしいような、温かな気持ちになってくる。

——俺もああやって、両親に大切にされながら生まれてきたんだよな。

今は亡き両親に思いを馳せていると、半ば食堂と化しているその場に、大きな寝癖を付けたままの人物が現れた。

見る者を魅了する深紅の髪と、本来美しいはずの美貌は、全体的に眠気の残った表情や欠伸のせいでなんとも締まらない様子となっている。

彼女の名はアイル。

魔族殺しの権能である魔滅の加護から逃れた魔族の生き残りにして、竜の国の居候兼、俺の指示で用心棒も行っている人物だ。

こう見えて腕は立つので、人間も魔族も見かけによらないのだとしみじみ感じさせられる。

「ふあぁ……。ミルフィ、妾も朝食をもらっていいだろうか」

「……構わない。でも後で片付けは手伝って」

「うむ、承知承知。ほぼ毎朝であるから妾も慣れたものよ」

言いつつアイルはミルフィから朝食の載ったお盆を受け取る。

かつてはミルフィもアイルを見ただけで攻撃を食らわせるほど嫌悪していたのに。

今や普通に会話が成立するあたり、ミルフィの怒りも収まったと見ていいのだろうか。

「……って！　ミルフィ！　妾の朝食だけ少なくはないか!?」

「……気のせい」

「気のせいではあるまい！」

叫ぶアイルにそっぽを向くミルフィ。

前言撤回、まだミルフィの怒りは収まっていないのかもしれない。

『全くあの二人は。喧嘩するほど仲がよい、と言っていいのでしょうか』

「ちょっと怪しいかもなぁ」

二人の様子を見つつ、俺はそんなふうにルーナに返事をしたのだった。

朝食を食べ終え、片付けた後。

俺たちは猫精族(びょうせいぞく)の集落を離れて外へと出ていた。

普段であればこのまま古竜たちの世話をしに行ったり、竜の国を出て必要な素材などを採集に……といったところであるものの、今日は違う。

今日は竜の国にとって非常に重要な儀式を執り行う日であると、前もってルーナから聞いていたからだ。

既に古竜たちの多くは竜の国の中央へと移動し、周囲に残るは警戒と見張りの任に就く古竜のみ、といった状態。

強靱にして最強格の種族である古竜の住処に悪意を持って踏み込む不届き者など、魔族が事実上滅んだ現在、ほぼいないと言っていいだろう。

しかしそれでも、儀式の妨げになる者が竜の国に入り込まぬよう、わざわざルーナの父である竜王直々の指示で、見張り役が各所に配置されることになったのだ。

これから行われる儀式の重要性が伝わってくるといったものである。

ルーナやロアナたちと一緒に移動した先、竜の国の中央には、古竜が円を描くような配置で座っていた。

古竜たちがこうして勢揃いしつつ、乱れなく並ぶ姿は、圧巻の一言に尽きた。

また、円の中央に座(ざ)しているのは竜の国を統べる者……竜王アルバーンだ。

古竜の姿のルーナ同様、白銀の鱗で身を包むアルバーンは、こちらの到着を確認して雄々しき大角(おおづの)を生やした頭で頷く。

『うむ、これで全員揃ったようだな。それではこれより竜脈の儀を執り行う。皆の者……心を静め、我らが父祖たる神竜エーデル・グリラスに祈りを捧げよ』

竜王の声に応じ、その場にいた古竜の全員が頭(こうべ)を垂れた。

ルーナも古竜の姿で皆と同じようにしている。

さらには荒々しい性格であり、儀礼などには疎いように感じた若手古竜の纏め役であるガラードでさえ、静かに首を下げていた。

——竜の国に伝わる神竜、名前はエーデル・グリラスというのか。俺の先祖であるミカヅチと共に魔王と戦い、神竜皇剣リ・エデンに魔滅の加護を与えた存在……。

そのようなことを考えつつ、俺も古竜たちに倣って黙祷(もくとう)するようにして目を瞑(つむ)る。

ロアナやミルフィも俺に続き、同様に黙祷していた。

そうして十秒ほど経過した後、竜王が『皆の者、楽にせよ』と発した。

同時に、竜王と同じく齢を重ねた古竜たち四体——彼らは竜王の相談役であり、竜の国における事実上の大臣のような存在である――が背に何かを担いで現れた。

ミカヅチ由来の知識ではあるが、あれは彼の故郷にあった神輿というものによく似ていた。

そして古竜四体がかりで運ぶほどに巨大な神輿の上に乗っているのは、一本の角だった。

表面上の独特の質感と曲がり方から、非常に古いものの、竜の角であると分かる。

だが何より凄まじいのは、その規格外とも言える大きさだった。

――角であの大きさなら、体の方は古竜を遥かに凌ぐ大きさだ。あの角はまさか……。

考えていると、傍らにいるルーナが小さな声で囁く。

『あれは神竜の角です。かつて魔王と戦った際、折れた一本であると聞いています』

「神竜のものか……」

竜の父祖と呼ばれるだけあり、神であるのと同時、非常に大きな竜だったのだろう。

それにミカヅチが生きていた時代に折れたものなら、遥か昔であるはず。

なのに、ああして綺麗に形を留めているとなれば、竜の国で大切に保管されてきたに違いない。

『数百年に一度、竜脈の儀はあの角を用いて行うそうです。私も見るのは初めてになります』

ルーナは神竜の角を見つめながらそう語る。

竜脈の儀。

聞くところによれば、それは竜の国直下に流れる巨大な魔力の流れ、即ち竜脈を活性化させるために行うものだという。

古竜は魔力の塊であるブレスの発射に、そして鱗や内臓の維持や成長に魔力を使用するなど、生涯を魔力と共にすると言っても過言ではない種族だ。

常日頃より、獲物や大気中、果ては土地そのものから膨大な量の魔力を吸収している。

裏を返せば住んでいる土地の魔力が弱ることは、古竜の衰退を意味するのだ。

故に数百年に一度の周期で、竜脈が弱まっているとその代の竜王が判断した場合、執り行われるのが竜脈の儀であるそうだ。

ただ、気になるのは、あの神竜の角がどのように使われるのかだ。

四体の古竜は神竜の角を竜王の前に運び、静かに下ろす。

次いで、竜王は巨躯の全てを輝かせるほどに、体内から莫大な量の魔力を発し、天高くへと光の柱を立ち昇らせた。

途端、神竜の角がそれに呼応するようにして月光色の輝きを発し、光の柱を更に煌めかせた。

「綺麗……！」

ロアナが思わずそう呟き、ミルフィも見入るようにして眼前の光景に釘付けになっていた。

この世のものとは思えぬ清廉さを感じる光、正に神竜の輝きだった。

竜王はその身に神竜の魂を降ろしているかのようにさえ感じられる。

しかし、驚くのはここからだった。

天へと昇った一筋の光が、雲の向こうから返されるように、雨となって竜の国全体へ降り注ぎ始めたのだ。

光の雨が優しく竜の国を照らしながら、土に、岩に、崖に、木々に、水に吸収されていく。

この世界の神秘を感じる光景に、俺自身も周囲の古竜たちも言葉を失っていた。

ただ満足げに頷くのは角を運んできた四体の古竜のみで、年齢から察するに、恐らくは前回の竜脈の儀を見ていたのだろう。

今回の竜脈の儀の成功を感じ取ったといったところだろうか。

……そうして、一瞬にも永劫にも思われた光の雨が止んだ後。

ルーナは再び俺の耳元で囁く。

『竜の国の竜脈は無事に活性化した様子ですが……レイド、まだ動いてはなりません。この竜脈の儀には続きがあります』

「そうなのか？」

こちらの問いに、ルーナは『はい』と応じた。

『人間が十五歳、成人とされる歳を迎えた際、天からスキルを授かる場合があるように。この竜脈の儀にも、最後に天から贈り物があるとされているのです。それは竜の国を護るための武具であったり、古竜も楽しめる酒であったり。過去にはスキルのような能力を授かる者さえいたそうです』

「そうか。それを見届けようと、まだ皆動かないんだな」

古竜たちは天を見つめ、何が起こるのかと待ち構えていた。

俺も同じように天を見上げ、何か降ってくるのかと待っていると、

「……流星？」

天から細い光が降ってくるのが見えた。

ルーナからの説明を聞いた今では、恐らくあれが贈り物であると察せられた。

しかしその光は凄まじい速度で、目測ではあるものの、古竜の飛翔(ひしょう)速度を上回る速さで地上へと向かってくる。

『こいつぁ……！　皆、離れろ！』

ガラードの一声で、光の落下地点付近にいた古竜たちが左右に捌(は)ける。

直後、光は地上へと落下し、凄まじい衝撃と砂煙を生じさせるものと思われたが……。

如何なる超常の力か、あれほど加速していた流星は地上付近で、不自然と感じるほど瞬く間に減速した。

結果、地表に浮かんだまま、光が静止するに至る。

「これが、贈り物……？」

静止していた光はゆっくりと地面へ降り、纏う光を減(げん)じさせてゆく。

そうやって光の中から現れた贈り物は……なんと、横たわる少女であった。

溶かした黄金のように輝く髪。

肌は雪のように白い。

年頃は恐らく、ロアナと、人間換算したルーナの中間ほどだろうか。

十代前半くらいに感じられた。

閉じられた目には長く艶やかな睫毛(まつげ)が伸び、形の良い唇からは安らかな寝息が聞こえてくる。

衣服は白を基調としたワンピースのように見え、シンプルながら質感の良い品だ。

……と、驚きのあまり少女をまじまじと見つめてしまったが、それは周囲の皆も同様だった。

『なっ……なんだこりゃ？　人間の……娘か？』

呆気に取られた様子であったが、遂に声を発したのはガラードだ。

恐る恐るといった面持ちで少女に近寄る。

『息はある。多分、眠っているか気絶しているだけだろうが……』

『ですが、この気配は一体……』

これも古竜の鋭い直感によるものなのだろうか。

ルーナは少女を見てどこか困惑しているようだった。

『待て、ルーナにガラード。その者……否、その御方に安易に近寄ってはならぬ』

竜王の言葉に従い、ルーナとガラードは数歩退いた。

直後、竜王は少女の傍へと座り込む。

そうして少女の身をじっと見つめ、何かを感じているようだった。

『……うむ、うむ。この尋常ならざる、天地を感じさせるほどの魔力を秘めた肉体……。恐らくではあるが、この方は神族である。皆の者、敬意を持って接するように』

竜王の言葉を聞いた古竜たちの間に、ざわめきが駆け抜ける。

『神族、つまりは正真正銘の神様か……！』

『竜の国に神が降臨なされたとなれば、神竜様が降臨なされて以来の出来事だ』

『竜の国への贈り物が神様って……どういうことなんだ』

古竜たちが口々に語る中、竜王はこちらを見て『レイド』と俺を呼んだ。

『すまぬがこの方を猫精族の集落へ。いつまでも地に寝かせていてよい方ではない。ワシが人間の姿になって運びたいところだが、力加減が難しいのと、この件については早急に話し合いをせねばならん』

竜王が目配せした先には、神竜の角を運んできた四体の古竜がいた。

彼らと話し合い、この少女の今後について決めたいといったところだろう。

「分かりました。それでは俺が運びます」

『レイドなら心配ないと思うが、くれぐれも丁重に頼む。神々の意図は分からぬが、古の時代、神族に無礼を働き滅ぼされた種族もあると聞く。どうか頼んだぞ』

そのように言い残し、竜王は四体の古竜と共に去っていく。

俺はしゃがみ込み、両手を少女の肩と膝の下へと差し込むようにして抱き上げた。

少女の表情は穏やかで、動かしても起きるようなことはなかった。

……そうやって至近距離で少女を見つめた際、閃光が頭を抜けたような感覚に陥った。

唐突ながら、しかしある程度はっきりと、今朝見た夢を思い出したのだ。

誰かに何かを話されていたような、まるで何かを訴えられていたかのような夢。

ただし、声も顔立ちも、あちら側とこちら側を何か薄い膜のようなもので隔てられていたせいで、上手く認識できなかった。

とはいえ声音からして、やはりあの人は女性であったと思う。

そして……どうしようもないほどに確信めいたことが一つ。

何故そう分かるのかが分からない。

けれどその人の顔立ちは間違いなく、この少女とよく似ていた。

場合によっては、この子が夢に出てきた女性であるかもしれない。

だからこそあの夢の記憶が、今この場で明るく蘇ったのだろう。

ただ、あの顔立ちと朧気な輪郭は、今抱えている少女がもっと大人びた際の姿であるような……そんな気がしてならない。

自らのこの考えすら、何から何まで不思議だ。

それでも己の中の勘が、あれは決してただの夢ではないと語っている。

加えてこの子によく似た顔を、夢以外のどこかで見た気がするのだ。

一体どこで見たのか……霞をかき分けるような思考ながら、それは案外すぐに分かった。

「そうだ、ミカヅチの記憶……！」

俺の祖先にして神竜皇剣リ・エデンのかつての所有者。

ミカヅチは俺がヴァーゼルを倒す際、魔力と一緒に剣技や一族に関する知識を授けてくれた。

その際、ごく一部ではあるものの、ミカヅチ個人としての記憶も流れ込んできたのだ。

そこでかつてのヴァーゼルの姿を見たように、この子に似た顔も一瞬だけ薄らと垣間見たと気付いて、背筋に戦慄が走った。

——まさか、まだあるのか？　魔王や魔族と同様、ミカヅチの頃から続く何かの因縁や宿命が。

断ち切って解決したと思ったものが、まだ続いているかもしれないという、恐れにも似た感覚。

俺はルーナに声をかけられるまでの間、少女を抱き上げたまま立ち尽くしていた。

謎の多い神族の少女を連れ、猫精族(ぴょうせいぞく)の集落に戻ってしばらく。

少女を空いている一室——猫精族(ぴょうせいぞく)の多くが故郷に戻った都合上、集落には空き部屋が多く存在する——のベッドに寝かせ、その傍らでルーナと共に様子を見る。

ルーナは少女へと手をかざした。

手元に光が集まっているところを見る限り、魔力を使い少女を調べているようだった。

『これが神族の魔力。これほどまでの魔力を持つ存在がいるとは……。こうして確認してみても、底知れぬ力を秘めていますね。どうして彼女ほどの存在が気を失っているのか、不思議でなりません』

「同感だ。そもそも神様が空から降ってくるなんて……」

神族に関する伝承は世界各地に残り、それらは文字通り神話とされているものだ。

神は最初に、地を山と谷に分け、天を高く持ち上げ、水を湧き上がらせ、最後に人間を含めた多くの種族を創造して天へと戻った……というのが神竜帝国レーザリアに伝わる創造神話のざっくりとした内容だ。

神竜帝国の子供なら、誰もが眠る前に一度は親から聞かされる、それほどまでに有名な神話である。

また、前にルーナたちと向かったイグル王国では、天の神々はまず世界を寒と暖に分け、分かたれた寒の方がイグル王国の地となり、最初の人間としてイグル王家の祖が創造されたと言われているそうだ。

各地の神話や伝承に差異はあれど、天上に住まう神々が世界と多くの種族を生み出した、という点に関してはほぼ同じと言っていい。

それ故、神々は基本、絶大な力を持った創造神として世界各地で崇められているのだ。

……そんな神族が気絶した状態で竜の国へと贈り物扱いで降臨。尋常ならざる出来事なのは確かだった。

「この子が降りてきたのも、何かが起こる前兆なのかもしれないな。天地の創造も魔王封印も、神族が絡んでいたから」

『全くですね。両者とも世界の在り方が変貌するほどの出来事であったはずです。……この少女の降臨が、穏やかなものであればよいのですが』

話すルーナの表情には、少々の影が差し、不安げでもあった。

……無理もない。

魔王や魔族に関する事件が落ち着き、竜の国が平穏を取り戻したと思いきや、いきなり神族が降ってきたのだから。

「ともかくこの子が目覚めたら事情を聞こう。もしかしたら俺でも名前を知っているような有名な神様だったりするのかもしれないし。そもそも何の神様なのかも気になるから」

……と、そのように語った直後。

部屋の扉がコンコン、と控えめにノックされた。

これはロアナかミルフィが来たのだろうかと、俺は椅子から立ち上がって扉を開く。

すると、そこには。

「レイド、失礼するぞ」

「アイルか。どうしたんだ？」

食堂を片付けた後、竜脈の儀など知らんと二度寝しに行ったはずのアイルが立っていた。

流石に寝間着から普段纏っている衣服となっていたものの、その声はどこか小さく、堅い。

彼女の雰囲気は恐る恐るといったようで、明るく怖いもの知らずである普段のアイルからは考えられない有様だった。

アイルは俺の横を通り抜けて部屋に入った途端「ひえっ！」と声を裏返らせて戦慄いた。

「レ、レイド……！　こやつは何者だっ！　尋常ならざる魔力を感じて来てみれば、まさかまさかだ……っ！　この、魔族である妾でさえ澄み切っていると感じてしまうほどの、神竜皇剣にも匹敵する魔力……！　まさか神竜の親戚などではあるまいな⁉」

アイルは大量の魔力を体に宿す魔族なので、人間以上に魔力の気配には機敏だ。

だからこそ運び込まれた少女の気配に気付き、ここに現れたのだろう。

「神竜の親戚って喩えはいい線だな。竜王様曰く、この子は神族って話だ。さっき空から降ってきたからここで寝かせているんだよ。ついでにあまり大声出さない方がいいかもしれないぞ？　安眠中の神様を怒らせたら、どうなるか分かったもんじゃない」

アイルは数度顔を縦に振って黙り込んだ。

彼女は声を小さくし、再び口を開く。

「本物の神族がこの時代に降臨するとはな……。一体どういう状況だったのだ？」

そのように尋ねてくるアイルの疑問は至極真っ当だった。

俺は先ほどの竜脈の儀について、そのまま話してみる。

するとアイルは「神竜の角なぁ……」と唸った。

「かつて、奴の角がへし折れた瞬間は妾もこの目で見ていたが、まさか竜の国にて保管されていたとは。そこの娘が降臨した理由もその角にあると見ていいかもしれん。東洋では類は友を呼ぶと言うそうだが、神の場合も正しくそうだ。古い時代、神をこの世に呼ぶ際は神と縁のある品を触媒として利用していたものだからな。だが……神竜ではなく別の神がやってきたという点についてはやはり不可解でもある」

アイルは古い時代を生きた魔族らしく、そのように語ってくれた。

それと古い時代では、神を普通にこの世に呼んだりしていたのか、という突っ込みはもう野暮だろうか。

……ミカヅチが神である神竜の力を、魔滅の加護という形で借り、さらに古竜の伝承によればその背に騎乗し、魔王を封じるべく戦った時代であったのだから。

神族がこの世に降臨していた時代、今更どんな真実が発覚しようともうさほど驚くまい。

「まあ、おおよその状況は分かった。……となれば妾はしばしの間、この集落を離れるとしよう。その娘が目を覚ます前に」

『離れる……？　そう言いつつ、まさか竜の国から出て好き勝手はしませんよね？』

ルーナが目を細めてじっとアイルを見つめる。

アイルは以前、竜の国に攻め込んだ挙げ句、一部を焼く事件を起こした張本人でもあるので、ルーナがこのように警戒するのも仕方がないと言えるだろう。

疑われたアイルは慌てて「何を言うか!?」と答えた。

「妾はレイドにテイムされ、自由に竜の国から外へは出られない身であるぞ！　そこまで疑うでないわ。妾はただ、そこの神から離れたいだけだ。かつて魔族に対し猛威を振るった神竜と同じ、神の一柱……。妾にとってはそれだけでかつての嫌な思い出が蘇るのでな」

アイルは盛大に顔を顰めていた。

思えばアイルはミカヅチの魂を見た際も大いに慌てていたし、昔のことは全体的にあまり思い出したくないのかもしれない。

「加えてこんなにも清廉かつ鮮烈な魔力の塊が近くにいては、魔の者である妾はおちおち二度寝もできぬ。安眠妨害もいいところだ」

「アイルにとってはそういう感覚なのか」

二度寝をするには既に昼近くであるし、やるなら厳密には三度寝である。

けれど本人がここまで嫌がるなら仕方ないと、そのままアイルを行かせようと思ったものの、

『……！　レイド、少女が！』

「なんだって？」

ルーナの声を受けて振り向けば、少女が瞼を震わせ、小さく目を開いた。

宝石のように煌めく藤色の瞳でしばらく天上を見つめてから、彼女は上半身を起こす。

そのまま「ふわあぁ……」と小さな口を開いて欠伸をすると、アイルは「目覚めた、目覚めてしまった、神が……！」と瞠目して固まる。

少女は眠たげな瞳で周囲を見回してから、こちらを見て一言。

「あの……。ここ、どこ？」

「ええと、古竜の住処である竜の国です」

少女は目を瞬かせ、小さく首を傾げた。

「竜の国……？　あの、古竜って……何？」

「……」

予想外の返答に言葉が詰まる。

古竜とは何か……まさか人間とは何か、みたいな哲学的な問いではあるまい。

順当に考えれば古竜とはどんな種族かという問いかけになるはずだが、全知全能といったイメージのある神族が古竜を知らないとは思わなかった。

少女は「それと」と畳みかけるようにして話す。

「あなたたちは誰？　私、どうしてここに……あれっ。そもそも……私、誰なの？」

自分の手を見つめながら、表情に不安を浮かべて聞いてくる神族の少女。

俺は内心、厄介なことになってきたぞ、と額に手を当てたくなっていた。

理由も正体も不明の神族の少女は、自分のことさえ分からない記憶喪失であるときた。

これでは何故竜の国に現れたのかを知ることもできない。

そう、分からないことだらけであるのだけれど……。

「分かりました。まずは自己紹介から始めましょう。初めまして、俺はレイド・ドライセンと言います。しがない竜の世話係です」

ひとまず名乗るべきかなと、俺はそのように自己紹介をするのだった。

想定外の事態にも慌てず対応、神竜帝国での激務で培われた心得はここでも活かされた。

……それから目覚めた少女へとことの顛末を説明することしばし。

少女は「神……神族?」と要領を得ない様子だった。

「つまりは私が神族って凄い存在で、レイドたちはそんな私が現れてびっくりしたと」

「今の状況を平たく言い表せばそれで間違いないです」

状況を把握させることができたところで、分かった点が一つ。

ひとまず記憶がないと言っても、意思の疎通には問題なさそうである。

自身やこの世界に関する知識は――神族どころか古竜や人間という種族の存在も含めて――部分的に抜けている様子であるものの、基本的な言葉や単語の意味まで忘れている様子はなく何よりだった。

「それとレイド。別にそんなふうに畏(かしこ)まらなくてもいいわよ。私が凄い存在って言われてもピンとこないもの。雰囲気を堅くされると私も色々と聞き辛いから」

「分かりま……うん、分かった。なら、俺もこんな感じで話すようにするから」

少女は「よろしい」と鷹揚に頷く。

こういう仕草は神様っぽい気配がある。

次に少女はルーナやアイルの方を見た。

「ええと、二人の名前は……」

『私はルーナと申します。そこにいるのはアイルです。よろしくお願いしますね』

「分かったわ。それとルーナも別に敬語じゃなくても……」

『いいえ、私の場合はこれが素ですから。気にしないでください』

少女は少しだけ不思議そうにしつつも「ふーん、そうなのね」と言う。

『ちなみにですが、あなたはなんとお呼びすればいいでしょう？』

「なんと呼べば、か……。でも私、名前も分からないし。困ったわね」

ルーナの問いかけは後で俺が聞こうと思っていた部分でもあったのでありがたかった。

けれど少女からしてみれば答えるのは非常に難しいのだろう。

あれこれ頭を悩ませてから、少女はこちらへ振り向いて一言。

「レイド。何か良い名前ない？」

「……はい？」

予想の斜め上を行く問いに、思わず上擦った声を出してしまった。

「だから名前よ、名前。呼び名がなきゃ不便だもの。記憶が戻るまでの間、竜の国での呼び名は必要でしょう？　だから素敵なのをお願い」

「確かに不便だけど……いいのか？　俺が決めても。というか、どうして俺に」

「それはだって。私に諸々の事情を丁寧に説明してくれたのがレイドだから。語彙も十分そうだったし、変な名前は付けないかなって。今の私自身だと上手い名前も思いつかないから。ほら、お願いよ」

少女に代わり、今度はこちらが唸る番になってしまった。

これは責任重大だなと思いつつ、頭を回転させてみる。

ただ、ここは一つ、少女と同じ女性であるルーナやアイルの意見も取り入れるべきではないか。

そのように思いつつ、二人へ目配せしてみるものの。

『……！』

何故か期待の籠もった視線を送ってくるルーナ。

「……っ！」

何かを決心した気配を漂わせ、部屋の扉を見つめるアイル。

まさかこの期に及んで神族の少女から遠ざかるべく、脱出しようと目論んでいるのだろうか。

……直後、アイルの視線に気付いたルーナにより、アイルの手首はがっちりと掴まれていた。

項垂れるアイル、ご愁傷様。

「レイド、どこを見ているの？　真面目にちゃんと考えているわよね？」

「ああ……考えているよ。考えているから少し待ってほしい」

少女は柔らかな頬を小さく膨らませ、むくれていた。

これほど可愛くても、竜王やルーナの反応とアイルの話からして、この子は正真正銘の神族だ。

怒らせればどんなバチが当たるか分かったものではない。

そうして十秒ほど本気かつ全力で悩んだところで……。

「よし、決まったぞ。君の名前は……。……名前、は……」

「……レイド？　どうしたの？」

ベッドに座りつつ、身長差もある分、下からこちらを覗き込んでくる少女。

少女は「早く名前を教えてほしい」と顔に書いてあるようだが、こちらはすぐに応じられるような状況ではなかった。

……分かったのだ、この子の本当の名前が。

本気で少女の名前を考えてから、その名を告げようとした瞬間、別の名前が脳裏に浮かび上がってきた。

そしてこの名前こそがこの子の本当の名であるとも理解した。

――これもミカヅチの記憶から来ているものなのか？　やっぱりミカヅチは、この子を知っていたのか。

ミカヅチ個人としての記憶の断片、そこから導かれるようにして思い浮かんだその名を、俺はゆっくりと口にした。

「カルミア。……カルミアだ」

「カルミア、へぇ。いい響きじゃない！　気に入ったわ！」

少女ことカルミアは明るい笑みとなった。

ルーナも『良い名前だと思います』と言い、アイルも「そこそこだな」と腕を組む。

『それではカルミア。あなたを竜の国に住む皆へ紹介したく思います。一緒に来てくれますか？』

「もちろん！　それにこんなに良い天気なんだもの。ずっと部屋の中にいるのは勿体ないわ」

カルミアは窓の外に広がる蒼穹を見つめてから、ルーナと共に部屋から出ようとする。

二人をぼんやりと眺めながら、俺はミカヅチについて思考を巡らせる。

――ミカヅチ、あの子は何者なんですか。あの夢との繋がりは。竜の国に来た理由は。何より記憶を失っているというのは、何を意味しているのでしょう。

別段、あの子が現れたこと、それ自体は決して悪いことではないと思う。

カルミアは明るく、きっと悪神ではない。

寧(むし)ろ世界を明るく、花のように彩ってくれる性格の神であると感じられる。

……けれど何故だろう。

あの子が現れたのは何かの始まりであるような、決してこれだけでは終わらないような。

ミカヅチの記憶が何かを伝えてきている、そんな気がしてならなかった。

「カルミアって言います。よろしくお願いね」

目覚めたカルミアをロアナたち猫精族(びょうせいぞく)のもとへ連れて行きつつ、俺から皆へ事情を説明した後。

カルミアは挨拶をしてから、ぺこりとお辞儀をした。

また、カルミアを見た猫精族(びょうせいぞく)たちといえば、

「……えーっと、神様、なんですよね？」

「結構フレンドリーな感じだな……？」

「もっと怖そうというか、威厳に満ちた様子を想像していたけれど……」

当然の如く、皆揃って驚いていた。

「私はあなた方の言う、神族……ってやつみたいだけれど。別に敬う必要はないわよ。これから、ここでお世話になる身だものね」

さっぱりとした物言いのカルミアに、猫精族(びょうせいぞく)たちは顔を見合わせた。

面食らったと言っても過言ではないかもしれない。

そして次にカルミアが放った言葉に、彼らは猫耳と尾をピンと立てることになった。

「さて、自己紹介はおしまいよ。次にここでの私の役割だけれど……一体何をするべきかしらね？　記憶がないまま追い出されても困るから、滞在させてもらう対価に、何かしら働ければいいのだけれど……」

「い、いやいや！　滞在も無償で大丈夫ですので！　我らの雑務を押し付ける気は毛頭ございません

ので！」

猫精族の一人が食い気味かつ凄まじい勢いでそのようにまくし立てる。

けれどカルミアは「それじゃあ悪いわよ」と納得がいっていない様子だ。

彼女は明るくありつつも、結構真面目な性格でもあるらしい。

そんなカルミアがさらに何か言い出すより先、ロアナやミルフィが言う。

「あの、カルミア様。そもそも何かをするより、記憶を戻す方が先じゃないかにゃーって……」

「……私も同感。あなたの事情が分からないというのも、皆が不安に思う原因となる」

ミルフィの的確かつ遠慮のない物言いに、カルミアも「確かに……」と黙り込んだ。

「ひとまずここでの顔合わせも終わったし、竜王様のところへ行こう。カルミアのやるべきことも、そのうち分かるさ」

「……ん、分かったわ。レイドがそう言うなら従いましょう」

そうして俺たちは次に竜王のもとへ向かう運びとなった。

……ただしアイルについては本人の希望で同行せず、集落に残ることとなった。

どうやら、よほど神族が怖いようだった。

『お目覚めですかな、気分はいかがですか？』

「問題ないわ。あなたが竜王ね、レイドやルーナから話は聞いているわ」

竜王の住まう神殿にて、二人はそのように話し合う。

それから諸々の事情について俺から話せば、竜王は目を小さく見開く。

カルミアが手を差し出せば、竜王は巨大な爪の先を差し出し、それで互いに握手とした。

『なんと、記憶が……。絶大な力を持った神族が記憶喪失とは。他の種族が頭を打ったり、多大なストレスを受けて記憶を閉ざすなどとは、わけが違う。……竜脈の儀にて何故降臨なされたのかを知りたくはあったが、これでは致し方ない』

「竜王様。ひとまず記憶が戻るまでカルミアには竜の国に滞在してもらう方向で考えているんですが、それは構わないでしょうか？」

『当然だ。神族である前に、カルミア様は記憶を失い困っている客人である。追い出す輩（やから）はこの国にいまい』

こちらの提案に対し、竜王はそのように答えた。

カルミアを見れば彼女も一安心といった面持ちである。

『それに先ほど、我が古き友らとも話がついたところでな。カルミア様が竜の国の住人に危害を加える心配がなければ自由にさせるべきであろうと。この様子では心配あるまい』

「もちろんよ。私も助けられた身で迷惑をかけるような真似をするほど、恩知らずではないもの。何より危害を加えると言っても……私、レイドの言っていたスキルや魔術みたいな能力はあるのかしら。そもそもそれらについても思い出せないわね」

『つまりは神族としての能力すら一切を忘れてしまっていると』

ルーナが確認すればカルミアは「残念ながらね」と応じる。

「今の私、猫精族より非力なんじゃないかしら。彼ら彼女らからは体から凄い魔力と、そこから生じる強力な膂力を感じたもの。あんな膂力は少なくとも私には宿っていないわね」

「でもそういうの、猫精族を見ただけで分かるのか」

するとカルミアは目を瞬かせた。

猫精族の膂力は凄まじいものの、実際に目で見なければはっきりと伝わらないものだ。

「分かるわよ？　たとえばレイドとルーナにもこう、繋がりを感じられるもの。これが魔力によるテイムの繋がりなのかしらね」

「おお……」

思わず感嘆してしまった。

魔力は本来、感じることはできても、魔術などで出力されなければほぼ目視できないものだ。

精霊であるミルフィは魔力を色で認識できるものの、カルミアの目はより正確な形で魔力やその働きを捉えているようだった。

これも神族の能力の一端なのだろう。

『カルミア様、ちなみにではありますが。我らの直下に流れる魔力はどう見えておりますかな？』

竜王が問いかければ、カルミアはじっと目を凝らすようにして足元を見つめる。

その数秒後、彼女は驚いたように目を見開いた。

「えっ……これ、よく見れば魔力の流れ……!?　地下に巨大な大河が流れているように見えるけど、これが……!?」

カルミアの言動に、竜王は『それはそれは』とどこか満足げだ。

『カルミア様が驚くほどに魔力が流れているのであれば、竜脈の儀は成功と言ってよさそうでありますな。これで暫(しばら)くの間、卵や幼竜の成長に問題はなしと』

朗らかに笑う竜王。

儀式の成功を神族に確認してもらう、これ以上の確かめ方はないだろう。

『姫様にレイド！　竜王様の話はどうだったよ？』

竜王との会話を済ませ、神殿から出て行けば、ガラードや若い古竜たちが待ち構えていた。

俺は手を振りながらガラードに言う。

「問題なかったよ。カルミアは暫く竜の国にいることになった」

『へぇ、そこの神族さんはカルミアって名前なのか。俺はガラード、よろしくなぁ』

のっけから敬語なしの恐れ知らずについて流石はガラードと言っていいのだろうか。

カルミアは気分を害した様子もなく「よろしくね」と話す。

『それでガラードたちはどういった要件で待っていたのですか？』

ルーナが聞けば、ガラードは『いやー、な』と続ける。

『せっかく竜の国に神竜様以来の神族の客人が来たってのに。催しの一つもなきゃ勿体ねーし、しょぼいだろ？　だから背に乗せて飛びつつ竜の国やその近辺を案内してやろうと思ってな』

ガラードの申し出に対し、カルミアは瞳を輝かせた。

「あらっ、いいの？　乗せて飛んでくれるって言うなら、お願いしちゃいたいけれど……！」

『ガラード、荒い飛び方をして振り落としたら承知しませんよ？』

『分かっているっての！　……今回ばかりは気を付けるぜ！』

ルーナからの注意を受けて、ガラードは焦り気味に返事をする。

……というのも、理由があったのだ。

前にガラードはロアナやミルフィに「乗せて！」とせがまれた際『仕方ねーなぁ』などと言いつつ、二人を背に乗せ、空へと舞い上がった。

そしてガラードが二人を楽しませようと、旋回や急降下を繰り返した結果……。

地表に降り立った時にはロアナもミルフィも目を回していたという始末である。

しかもロアナ曰く「あたしが全力でミルフィを支えなかったら落ちていた」とのことだった。

そんな一件を知るルーナがあのように言うのも仕方のない話であった。

『てか、そこまで言うなら姫様が乗せて飛んでもいいんだぜ？　これだけ頭数を揃えた理由はカルミア嬢の護衛も兼ねてって寸法だしな。俺もそっちに加わって飛ぶのもやぶさかじゃねーさ』

ガラードが言った途端、彼の背後にいた若手の古竜たちが数度、首を縦に振った。

……もしかしたら今のは、護衛の話に同意しつつ、ルーナがカルミアを背に乗せるという話についての同意だったのかもしれない。

ガラードの沽券のためにも突っ込むのは藪蛇に思われたので、聞くのはやめておいた。

「そういえばルーナは、魔術で人間の姿に変身しているんだったわよね。私もルーナの古竜としての姿は見てみたいし、背に乗せるついでに見せてもらってもいいかしら？」

『構いませんよ。少し離れていてください』

ルーナの言葉に従い、カルミアは数歩後退した。

するとルーナは自身の直下に魔法陣を展開し魔力を解放しつつ、その副産物で閃光を放ち、一瞬にして古竜の姿へと変貌した。

大地を踏みしめる四肢、大樹をも砕く尾、天へ伸びる二枚の翼。

全身は陽光を照り返す銀の鱗で覆われ、色合いは竜王のものより艶やかだ。

ルーナの美しくありつつも精悍な姿に、カルミアは「わあ……！」と見入っていた。

「人間の姿の時は可愛らしかったけれど、この姿になると凛々しいわね。でもほっそりとして体型が良いあたりは、竜のお姫様らしく感じるわ」

『神族の方に褒めていただき嬉しい限りです。では早速私の背に……と言いたいところですが。まずはレイド。先に乗って、彼女を引っ張り上げてください』

「よし、分かったよ」

ルーナが目の前でしゃがみ込んでくれたので、彼女の背に手をかけて一気に登り、跨った。

次にカルミアへと手を伸ばせば、俺の手を掴み、一息で登ってくる。

こちらの後ろにすとんと座り込んだカルミアは、ルーナの背を撫で、鱗の感覚を楽しんでいた。

「竜の鱗は鋭いから。足を鱗で切らないように気を付けてくれ」

「分かったわ。……と言っても、少し難しいかな……」

確かに飛翔する竜の背で足を体表から離せば、バランスを崩してしまう。

かといって足を密着させすぎれば、鋭利な竜の鱗で足を切る。

ワンピースを着ているカルミアは足を護るものを身につけていないのだ。

となれば……。

「カルミア、俺のブーツを使わないか？」

「えっ、いいの？　でもそうしたらレイドの足が危なくない？」

「大丈夫。竜の世話をしている都合上、俺は普段から厚手の長ズボンを履いているし、竜の背は慣れっこだから。ブーツがなくてもなんとでもなるさ」

俺は素早くブーツを脱いでカルミアに手渡す。

カルミアは小柄なので俺のブーツは大きすぎるかなと思ったが、ないよりは幾分マシなのは間違いない。

「履けたわ。こっちは大丈夫よ！」

「ルーナ、飛べるか？」

『問題ありません。……では、行きますよ！』

ルーナは翼を広げ、一気に羽ばたいた。

同時、ルーナの背が持ち上がり、空気が総身を押すような感覚がした。

カルミアは俺の背に掴まりつつ「くぅ……！」と声を漏らす。

初めて竜の背に乗った時、俺も驚きのあまり、こんな声を出していたのを思い出した。

また、ルーナはそのまま上昇していき、それに続いてガラードたちも天へと向かう。

最後にルーナが空中の一点で羽ばたきながら留まれば、ガラードたちはルーナを囲むようにして、円を組む形で飛翔していた。

「今日は快晴だな。遠くまでの眺めも最高だ、カルミアはどうだい？」

「ど、どうって……!?」

上昇は終わったのに、カルミアは両手をこちらの腹に回したまま、何故か顔を俺の背にくっ付けていた。

それだと景色が見えないぞ、と思っていると、彼女はくぐもった声を発した。

「高すぎるわよ……!?　思っていたより高くて目を開けていられないわ……！　私、実は高い場所が苦手だったのかも……！」

振り向けば、カルミアは小さく目を開けて下を確認してから、すぐに目を閉じて再び顔を俺の背にくっ付けた。

小刻みに震えているあたりから冗談でもなさそうだった。

『カルミアは高所が苦手なのですか……？　レイドやロアナが問題なかったので、カルミアも大丈夫だと思っていましたが』

「ルーナ。実は俺たち人間でも、高いところが苦手な人は結構多いんだ」

するとルーナは『そうだったのですか』と少々驚いていた。

思えばルーナとまともに交流のある人間は俺だけなので知らなくても無理はない。

加えて猫精族の皆はロアナを始めとして、魔物から故郷を取り戻そうと考えていたためか、年齢に関係なく結構肝が据わっていて高所程度では恐れもしない。

なのでルーナがあのような反応を示すのも自然だったし、俺も天界に住まう神族であるカルミアが高所が苦手というのは意外であった。

『カルミア、無理をすることはありませんし一度降りますか？』

ルーナはそのように気遣うものの、カルミアは「いいえ！」と気丈に答えた。

「せっかく連れてきてもらったんだもの！　ここで降りたら逆に申し訳ないわ！　それに竜の国で暮らすなら今後も飛ぶかもしれないし、ここで慣れていくわよ……！」

「そこまで無理をしなくても……」

呟いてみるものの、カルミアは頑張る気でいる様子だ。

『なら行こうぜ。本人……本神？　が慣れていくって言うなら付き合うだけだ』

『そうですね。無理は禁物ですが、ひとまず参りましょう！』

ルーナは大きく翼を広げ、そのまま猫精族の集落の方へと向かった。

彼女が飛翔速度を抑えているためか、さほど強く風は吹き付けてこない。

カルミアは薄らと目を開いていたが……次第に目を大きく開き、代わりに俺へとしがみ付く力を強めていく。

……あまり強くしがみ付かれると腹が締まるので少し緩めてほしくはあった。

「レ、レイド！　見てる！　私、ちゃんと下を見られているわ……！　こうして見ると……結構綺麗な眺めね！」

やけくそ気味に語るカルミアの声は、やはり震えていた。

――ついでに俺の腹を締める力はより一層強まっていく……！

「ちょっ、カルミア。少し両腕の力を緩めてくれ……」

――腹が締まっていく……！　ついでにカルミアの胸が、柔らかな全身が当たって少し悶々とする……！

しかしカルミアは「えぇっ!?」と声を荒らげた。

「そんなことしたら落ちちゃうじゃない!?　だめよ、だめっ！　この両腕は何があっても離さないわ……！」

そう叫びつつ、より一層体を密着させてくるカルミア。

彼女の様子に気付いたルーナはちらっと視線をこちらへ向けて一言。

『カルミア、あまり密着しすぎないように。彼は私の相棒ですので』

妙に低い、ドスが利いているとまでは言わないものの、そこそこ圧力の籠もった声音。

カルミアは「ひゅっ!?」と喉から変な声を漏らしていた。

「ル、ルーナまで無茶言わないでよ!?　密着させないと落ちるわ。私の体も命もね……！」

縁起でもないことを叫ぶカルミア。

一方、前方を行くガラードといえば。

『カルミア、あれが猫精族の集落だ。上から見ると結構……って。それどころじゃねーか』

ガラードは半ば溜め息交じりだった。

締め上げられつつ密着されて悶々とする俺。

高所による恐怖から色々と絶叫しているカルミア。

何故か怒りの視線を向けてくるルーナ。

この混沌とした状況について、周囲を飛ぶ若手の古竜から呟きが漏れた。

『ええと……なんだこれ』

『レイドさん、意外と苦労しているんだなぁ……』


……さて、結局カルミアと行く空の小旅行がどうなったかといえば。

「……」

カルミアは最後には気絶してしまい、危うくルーナの背から落下しそうになっていた。

俺が咄嗟に抱き留めたからよかったものの、その際にまたルーナから鋭い視線が飛んできた。

……その視線に籠もっていた感情の正体については、そこそこ付き合いのある俺にはある程度理解できていた。

しかし、どうか許してほしい。

あのままだとカルミアが再び流星となって、今度は猫精族の集落に落下していたかもしれないのだから。

落下する場所によっては大惨事を引き起こしていたかもしれないし、神族ながら、カルミア自身も無事ではなかったかもしれない。

俺としてはそのように考えていたのだけれど……。

『カルミアは今後、レイドと一緒には乗せません。乗せるとしても組み合わせはレイド以外の者にしましょう』

地表に降り立ったルーナは人間の姿となり、少しだけむくれつつ、そう言った。

『これではアイルの色仕掛けを封じた意味がありません』

「いやいや、そこまでじゃないだろう。不可抗力だったし」

気絶したカルミアを木陰に寝かせつつ、俺はそのように答えた。

するとルーナは人間の姿へと変化し、すぐ傍まで寄ってきた。

いつかの温泉の時のように、すっと肩を合わせてくる。

「……ルーナ?」

『最近、少し触れ合いが足りなかった気がしますので。……構いませんよね？　テイムされているといった意味でも』

有無を言わさぬ口調のルーナに、俺は即座に頷いた。

そのままの姿勢で、ルーナは続ける。

ただし、その声は少しだけしおらしく聞こえた。

『私は……私は。少しわがままなのです。これまで、竜の姫として手に入らないものはありませんでした。でもあなただけは……どうしても共に在りたかったあなただけは、神竜帝国を出るまで、決して手に入りませんでした。だからこうして共に在る今は、できれば私を一番近くに感じてほしい。カルミアにその気がないのは分かりますが、それでも。……許してくれますか、このわがままを』

ルーナは互いの顔がぶつかりそうな、柔らかな吐息がかかるほどの距離で、じっとこちらを見つめてきた。

綺麗な瞳は不安や期待に揺れているように見えて、俺は「構わないよ」と口にした。

「何が少しわがままなもんか。そもそもルーナからわがままが出てくることなんて滅多にないじゃないか。それくらいなら全然聞くよ、それが相棒ってものだろう?」

『レイド……ありがとうございます』

ルーナは柔らかな笑みを浮かべた。

その笑みに、こちらを映す瞳に吸い込まれそうな気がしていると、下から呻(うめ)き声らしきものが聞こえてきた。

視線を向ければ、カルミアが目を開け、起き上がってくるところだった。

俺とルーナは咄嗟に少し顔を離したが、ルーナは少しだけ顔が赤かった。

「レイドにルーナ……あれっ、私は……？」

『私の背の上で気を失ったのです。レイドがあなたを抱え、ここに寝かせました』

「そっか……ごめんなさい、二人とも。私のやせ我慢に付き合わせちゃったわね。後でガラードたちにも謝らないと……」

カルミアはそのまま起き上がって、自分の体に付いている葉を払った。

それから何を思ったのか、俺やルーナの顔を交互に見てから、半ば悪戯めいた笑みとなる。

「もしかして……。私、邪魔しちゃった？」

『やかましいです』

珍しくぴしゃりと言い放ったルーナに、カルミアは小さく舌を出して「ごめんなさい」と言ったのだった。

空に昇っていた陽が山に沈みつつ、空を茜色に染め上げる、夕暮れ時。

竜の国では各々が一日の終わりを感じつつ、それぞれの拠点や巣へ戻っていく。

俺やカルミアは猫精族の集落へと戻っていた。

すると……。

「ささ、カルミア様。どうぞこちらへ」

「えっ、ええ……」

猫精族たちはどうやら日中、今後カルミアが過ごす部屋を準備してくれていたようで、カルミアは真っ先にそちらへと通された。

俺も気になって付いて行ってみれば、その部屋とは前にメラリアが過ごしていた部屋だった。

猫精族の次の長であるメラリアは、長老や多くの猫精族と共に、今は彼らの故郷へ戻って復興を行っている。

なのでもうこの部屋に戻ることもないだろうし、加えて広々とした部屋でもあったので、カルミアが過ごすにあたり不自由する心配もないだろう。

「いかがでしょう、カルミア様。何分、今日一日で部屋を準備したものでして。至らぬ点もあるかと思いますが……」

「至らぬ点なんてないわよ！　寧ろ私のためにありがとうね。大変だったでしょう？」

「いえいえ。この程度、故郷を追われたときと比べれば」

「そ、そう……」

猫精族の案内人は部屋や集落についてカルミアにあれこれと説明を加えていく。

一方、ロアナは猫耳をぺたりと垂らしながらこちらに寄ってきた。

「レ、レイドお兄ちゃん……お疲れ様……」

「ロアナこそお疲れ様。そんなに疲れた様子で大丈夫か？」

するとロアナは尻尾と一緒に肩を落とした。

「うん、大丈夫だけど、ちょっとね……。今日は大人たちがカルミア様のために頑張るぞ！　って張り切っちゃって。あたしも一緒に色々と準備したり、子供たちのお世話も手伝ったりして……」

「そっかそっか。よく頑張ってくれたな」

思わず手を伸ばし、ロアナの頭を撫でる。

するとロアナは顔を弛緩させて「うにゃ～」と気持ち良さそうに目を細めた。

マタタビ好きな点も含め、こういうところは猫らしい種族だと感じる部分だ。

「……そういえばロアナ、ミルフィは？」

いつも二人は一緒にいるので、こうして別々なのは少し珍しい。

ロアナは上階を指す。

「ミルフィなら部屋で横になっているよ。今日は疲れたから夕食の時間まで少し眠るって。……神様が来ているのに集落が汚いと一族の恥だからって、実は今日大掃除までしたの。その時、ミルフィには水を操って色んな場所を綺麗にしてもらったから。疲れちゃったみたい」

「水精霊でも、この広さの集落の掃除は骨が折れるよな……」

よく見てみれば、集落も普段より綺麗になっている。

そうして各所を眺めていると、カルミアが色々と案内されている後方、一部の猫精族が手を合わせてカルミアを拝んでいるのが視界に入る。

呟いている内容からして、願っているのは一族の繁栄だろうか。

カルミアがなんの神様かは未だに不明であるものの、あの願いが叶えばいいなと思った。

……肝心のカルミアは拝んでいる猫精族に気付いた途端「……どうかしたの？」と首を傾げていたけれど。


「レイドお兄ちゃんはどうする？　もう部屋でお休みする？」

「いいや、その前に温泉かな。一日かけてあれこれ動いたから体を綺麗にしないと」

「ん、分かった！　なら大人たちにレイドお兄ちゃんが入っている旨は伝えておくね！」


ロアナはそう言い、どこかへと駆けて行った。

彼女があぁ言ったのにも訳がある。

竜の国にはいくつか温泉が湧いているものの、俺や猫精族が使用している温泉は現在、男女共用で使っているからだ。

というのも、かつてルーナが入ってきたときのように、元々は男湯と女湯で分かれていたのだけれど……。

少し前、飛行練習中だった幼い古竜が誤って温泉内に落下し、男湯と女湯を隔てていた仕切り壁を粉々に破壊してしまったのだ。

しかも排水管なども一緒に壊れてしまい、俺や残った猫精族たちでどうにか素人工事を行い、ひとまずは温泉の形を取り戻したといった寸法だ。

なので現状では仕切り壁までは修復できておらず、温泉に男女どちらかが入っている際は、もう片方が時間をずらして使うようにしていた。

とはいえ、まだ時間帯も夜に入る前の夕暮れ時だ。

今入っても誰の邪魔にもならないだろうと思いつつ、俺は自室へと着替えやタオルなどを取りに戻った。

それからすぐに温泉へと向かえば、入り口の掛札――誰かが入っていればこの札で分かるようになっている――からして、やはり誰も入っていない様子だった。

俺は自分の名の彫られた札を掛け、そのまま脱衣所へ移動する。

まだ肌寒い時期でもあったので、そこから温泉の方へと出れば少しだけ風が冷たかった。

湯で体を流し、そのまま温泉へと浸かる。

「ふぅ……」

じんわりと、かじかんだ手足の先が温まってくる感覚に吐息が漏れた。

顔を上げれば夕陽がゆっくりと山の向こうへ沈んでいくのが見える。

温泉に浸かって一日の疲れを癒やしながら、輝く夕陽をのんびり見届ける、贅沢な時間だ。

俺は時々訪れるこの時間がとても好きだった。

「……さて、明日はどうしようか」

ぼんやりと自らの仕事について考えてみる。

作業といえば、治癒水薬（ポーション）の生成が大きなものだけれど、治癒水薬（ポーション）の貯蔵量は十分だ。

魔物の動きが落ち着き、古竜たちが大して怪我を負わなくなったためだ。

お陰で最近は治癒水薬（ポーション）をあまり作る必要がないため、俺の仕事にも少しゆとりができている。

少し前には治癒水薬を濃縮して効果を高めたりといった試みも行っていたが、もう濃縮した治癒水薬の生成も不要かと思い、生成した分だけ保存して放置していた。

他の仕事についても、古竜たちの鱗が生え替わる時期もまだ先なので、その手伝いも不要だ。

忙しそうな猫精族たちの手伝いをするのもいいけれど、前にあれこれやりすぎて「守護剣をお持ちの方にこれ以上、このような雑用をお任せするのは……！」と断られてしまったのを思い出す。

「うーん、珍しく暇ができたのかもしれないな。となれば温泉の仕切り壁の修復……は一人じゃ無理か」

ほぼなくなっている仕切り壁の残骸を眺めていたら、溜め息が出た。

巨大な壁をもう一度温泉内に建てようとしたら、間違いなく力自慢の猫精族の協力も必要だ。

けれど皆、今や赤子の世話や親の手伝いで忙しい。

特に若い猫精族は大体が親になっているので、余計に頼めない。

仕切り壁の修復は全く現実的ではなかった。

「ならカルミアの面倒を見るのがいいか。今日行けなかった分、竜の国の外側を案内するのも……」

「それいいわね！　是非お願いしたいわ！」

「……はい？」

幻聴か？　という思いと共に、前にも似たようなことが起こったなと思いつつ、そちらを向く。

頼む、聞き間違いか何かであってくれと願ったものの、残念ながら神に祈りは届かなかった。

一糸纏わぬ姿の神本人、もといカルミアが立っていたからだ。

濃い湯煙で体は隠れているものの、以前のルーナと違ってタオルすら巻いていない。

裸体を一切隠すことなく、両手を腰の辺りに当てていた。

——記憶と一緒に羞恥心も飛んだか⁉　もしくは神族って別に男女がどうとか気にしないのか？

国や地域によっては混浴が普通だったりするそうだしな、とそんなふうにも考えてしまった。

ただし、ここは竜の国かつ猫精族の集落、異国ではない。

他人にこの場を見られたらちょっとした騒ぎになるのは必至だ。

「あの……カルミア？」

「ん？　何よレイド」

「温泉の出入り口、掛札……してあったよな？　俺、入っているって」

カルミアは顎に人差し指を当て、ひとしきり考え込む仕草をしてから。

「んー……あっ！　あの小さな札ね、ごめんなさい。私、あの文字読めなくて。あれってレイドが入っているって合図だったのね。でも……それがどうかしたの？」

「……」

あまりにもあっけらかんとしているというか、悪びれないというべきか。

堂々とした態度のカルミアに、俺はどう話していいものかと逆に迷ってしまった。

異常事態の中、当事者があまりに落ち着いているというのは、こうも異質さが際立つものか。

「……あのだな。本来、温泉は男女別に入るんだ。だから今はその、男が入っているときは女の人は入らないようにしているし、逆の場合もそうなんだよ」

「そういうものなの？　さっき案内されているとき、猫精族の皆から温まると気持ちいい場所って聞いたから来てみたけれど。そんな話は別に……くしゅんっ！」

風が吹いてきて、カルミアは小さくくしゃみをした。

……猫精族たちが俺の語った話をカルミアにしなかったのは、多分、彼女にもそういう常識がある前提だったのだろう。

まさか全知全能といったイメージのある神族の少女が、記憶喪失中といえど、若い男の入っている温泉に全裸で突っ込むとは誰も思うまい。

というかここまで前提的な常識がないと、逆によく服を脱いでここに来たなとさえ感心してしまうが……そうか。脱衣所に入った際、脱いであった俺の衣服を見て「ああ、ここでは服は脱ぐのね」みたいに察したのだろう。

ともかく、カルミアの記憶や神族の常識がどこまで俺たちの常識と合致するかは謎だけれど……こうなっては致し方ない。

「カルミア、俺は先に出るから後はゆっくり浸かってくれ」

腰にタオルを巻きつつ温泉から出ようとすれば、カルミアに手首をきゅっと掴まれた。

「ま、待って待って！　それじゃレイドに悪いわよ！　それに私、あなたたちの常識には疎いから、また変な粗相をすると困るし。ここでも色々と教えてくれると嬉しいな、なんて……」

困り顔のカルミア。

なお、今この状況が特大の粗相である。

真っ先に教えられるのはそれくらいだけれど、今更それを語ったところで野暮だろうか。

「まあ、皆にばれなければいいか……」

そう言いつつ、俺は温泉に浸かり直した。

別段、俺がおかしなことをしなければ何事もなさそうな話でもある。

――昼間の様子を見る限り、特にルーナにばれたら不要な誤解を招きそうだけど……。その時は状況を正直に説明しよう。そうすれば分かってくれるはずだ。

「レイド！　ありがとうね。なら早速……」

「まずそこの桶で軽く体を流してくれ。そういう決まりだから」

「わ、分かったわ」

足先を湯に浸けかけていたカルミアは即座に足を引っ込め……バシャッ！　と桶で頭から勢いよく湯を被った。

しかも「あ、熱ぅっ!?」と跳ね上がっている。

……この神様、昼間の気絶や温泉に堂々と入ってきた件も含め、意外と天然かもしれない。

それからカルミアは温泉に入ると、冷めた体に湯が沁みたのか「くぅ〜っ！」と唸った。

「ちょっと不思議な匂いがするわね」

「温泉の成分によるものだな。体に良いらしい」

「へぇ……そうなんだ」

カルミアは俺の隣に腰を下ろし、一息ついていた。

彼女はそのまま、空を見上げる。

既に星が瞬き始めた、昼と夜の狭間を。

「……ねぇ、レイド。私、本当に空の上……天界ってところに住んでいたのかな」

「神族は皆、天界に住むって言い伝えが世界各地にあるから。きっとそうだと思う。現にカルミアは空から流星みたいになって、俺たちの前に降ってきたんだから」

「でもきっと、天界は今日レイドやルーナと飛んだ空よりもっと上にあるのよね。どんな場所だったんだろう……。思い出せたら、レイドにも話してあげられたかな」

そう語るカルミアの横顔は、どこか寂しげであり、不安げであり……。

知らぬ故郷を想像している気配があった。

明るく元気に振る舞っているものの、やはり記憶がないというのは大きな心配ごとなのだろう。

自分の生い立ちも、家族も、仲間も……故郷の景色さえ思い出せないというのは、どんな心境なのだろうか。

「レイド。……レイドにとってさ。故郷ってどんなところ？　神竜帝国を追い出されて竜の国に来たって軽く話してくれたけれど、それでも故郷は大切？」

ふとそう聞いてきたカルミアに、俺は「どうかな」と素直に答えた。

「俺にはもう、両親も親戚もいない。だからあの国にそこまで思い入れはない。でも……あの国に残してきたフェイたち空竜は間違いなく俺の家族だった。だから単純に、フェイたちがいる土地って意味では……重要だし、思い出に残る場所ではあるかな」

「そっか。じゃあレイドにとって故郷っていうのは、家族がいる場所なんだ。そういう意味では、この竜の国も故郷なの？」

純粋な瞳で尋ねてくるカルミア。

俺は何を考えたわけでもないけれど、自然と頷いていた。

そのまま、口にしたい思いが浮かび上がってくる。

「そうだな。ルーナたち古竜も、ロアナたち猫精族も、俺を温かく受け入れてくれた。ミルフィもロアナ同様に可愛い妹分みたいに思っているし、アイルも……色々あったけれど、もう無関係じゃない。今更どうも思わないって言うには、多くの思い出を重ねてきた仲だ。だから……うん。皆がいる竜の国が俺は大好きだし、ここも故郷だと思っているよ」

こちらが話し終えると、カルミアは少しだけ閉口した。

けれどすぐに笑みを浮かべた。

「いいなぁ。凄く良くて、良いと思う。レイドは皆が好きで、皆を愛しているんだね」

「愛しているっていうと、少し表現が大きすぎる気もするけどな」

「そう？　私、今日だけでも色んな好きや、色んな愛があると思ったけどね。性別どころか種族も超えて、皆で楽しく集まって暮らしている。やっぱり素敵なところね、竜の国は。私の故郷もそんなふうであってほしいかな」

再び天を見上げたカルミアに、俺は言った。

「なら、カルミアもさ。もっと竜の国を知って、ここを故郷にすればいいよ。記憶が戻っても戻らなくても、ここをそう思える場所にすればいい。皆も歓迎してくれるさ、気のいい人や竜ばかりだから」

「そうね。それはとても……とても素敵な提案だわ」

カルミアはそう話し、一度ぐっと伸びをしてから。

「じゃあ、もっと竜の国を好きになれるよう、もっともっと知らなくちゃね！　レイド、明日もまたあちこち案内して！　竜の国の外側も含めてね！」

「任せてくれ。カルミアが竜の国を好きになってもらえたら、俺も嬉しいから」

『……で、カルミアと一緒にのぼせてきたのですね？』

目の前には、腰に手を当て立ちはだかるルーナがいる。

笑顔であるものの、明らかに目が笑っていない。

こんなにルーナが恐ろしいと思ったのは初めてかもしれない。

俺は喉奥から声を絞り出した。

「はい……そうです……」

ちらりと視線を横へ向ければ、今回の件の元凶がベッドの上で転がっていた。

顔を赤くしており、ロアナや起きてきたミルフィが大きな葉をはためかせて風を送っている。

できたら俺にも少し風を……と思いつつも、そんな頼みを口にする余裕はない。

今は全力でルーナに状況を説明する必要があるからだ。

……というのもこの通り、問題はカルミアが温泉でのぼせてしまったことに端を発している。

仕方なく彼女を背負って脱衣所に入り、できるだけ視線を逸らしつつ感覚を殺すよう努めて体を拭いてやり、着替えさせた。

そしてカルミアを背負って一緒に温泉を出た結果……。

カルミアがいない！　と彼女を捜す猫精族や、それに協力するルーナとばったりと出くわしてしまったという寸法である。

しかも脱衣所の出入り口の近辺で。

カルミアがのぼせていなければ誤魔化せたかもしれないが、あの状態では不可能だった。

――しかもカルミア、あの様子だと猫精族に一言も伝えずに温泉に来ちゃったんだよな。皆、とても驚いていたし。それに猫精族に一言でも入れていたら、ロアナ経由で俺が温泉にいるって知った誰かが止めたとも思うし……。

色んな意味で今更であったのと、ロアナものぼせたカルミアを見た途端に全てを悟ったのか「あちゃー……！」と肩を落としていた。

さらにミルフィはどこで覚えたのか「……らっきーすけべ？」とか真顔で言い出し、それもルーナの怒りに拍車をかけた一端となった。

『レイド……私は心を込めてお願いしましたよね？　できれば私を一番近くに感じてほしいと、あのわがままを許してほしいと……』

見ればルーナはそう言いつつも、圧力の籠もった笑みは次第に弱々しい表情となり、それに伴い、声も弱くなってしまっていた。

正直、さっきの怖い笑みよりよほど心にグサグサと刺さってくる。

こんなにしおらしいルーナも珍しく、罪悪感すら湧いてくる。

「違うんです……。本当に誤解なんです……。不慮の事故だったんです……」

自然と敬語が出てしまった。

昼間にあのやりとりがあった後でこれなのだ。

これはもう事情を根気よく説明しつつ平謝りしかあるまい。

……結局、夕食の時間帯までに誤解は解け、ルーナは普段通りに戻ったものの。

これ以降、ルーナがカルミアをさらに警戒……もとい、行動に注目するようになった気がした。

カルミアもカルミアでこの後、男女が温泉に入る意味をほんのりと猫精族(びょうせいぞく)の大人から聞かされたようで「ご、ごめんなさい……レイドもルーナも……」と反省気味だったのは、最早言うまでもないだろうか。

猫精族(びょうせいぞく)の集落で宛てがわれた部屋にて。

ベッドへ横になった私は、窓から差し込む月明かりを眺めながら、今日の出来事を思い返す。

目覚めたときには既に、彼が……レイドがいた。

あまり癖のない黒髪、ちょこんと頭の先から伸びた毛、こちらを気遣うような瞳。

一日中レイドにお世話になりっぱなしだったけれど、驚くことに、彼は竜の国唯一の人間であるという。

にもかかわらず、竜の国を治める王族、共に生きる猫精族(びょうせいぞく)、さらには水精霊(すいせいれい)や魔族と呼ばれるらしい種族の子まで、彼に心を許しているようだった。

しかも見た限りでは、レイドは彼らと仲が良いだけでなく、半ばまとめ役のようでもあった。

彼には不思議な人望や人徳があるようで、それは行動を共にした私も感じるところだ。

神竜帝国でも竜の世話をしていたというし、彼は世話や、誰かを助けるのが得意なのだろう。

猫精族(びょうせいぞく)の少女、ロアナから聞いたところによれば、彼は少し前に古竜や猫精族(びょうせいぞく)たちのため、誰にも真似できないほどの働きを見せたのだとか。

きっとレイドが皆に慕われているのはそういった理由もあるはず。

ある、はずだけれど……。

「本当、不思議な人」

私が神族……というらしい種族だからだろうか。

レイドからは魔力とは違った、不思議な気配を感じられる。

その力はどこか懐かしく、心安らぐようで、私も知っている気のするものだった。

——彼は何者なのだろう。どうしてこんなふうに感じるのだろう。

記憶を失っているからか、私は全てが不思議でならなかった。

人間も、竜も、精霊も、魔族も、神族も……そうやって感じる私の心も。

ただ、そうして多くを考えているうち、一日の疲れが出たのだろうか。

私はいつの間にか意識を手放し、夢の世界へと旅立っていた。

カルミアが竜の国に降ってきて二日目。

食堂にて上機嫌に朝食をとるカルミアを眺めていると、そろりそろりとした足取りでアイルが現れた。

カルミアを目にした際、一瞬だけ引き返す素振りを見せたものの、直後に小さく腹を鳴らして食堂に入ってきたのだ。

神族への恐れよりも空腹が勝ったのは、ある意味で豪胆と言えるだろうか。

また、カルミアは俺の視線から誰かが来たのを悟ったようで、アイルの方へと振り向いた。

「おはよ！　ええと……アイルだっけ？」

「えっ、はっ……オ、オハヨウゴザイマス……」

挙動不審気味に挨拶しつつ、カクカクと手を振るアイル。

そんなに神族が苦手なのかと思っていると、カルミアがアイルへと手招きする。

「こっちに来て一緒に食べましょ？　昨日あまり話せなかった分、お話ししたいから」

「そ、それは……」

口籠もるアイルに、カルミアは少しだけ悲しげにしつつ、

「……もしかして、嫌？」

「そんっ、そんなことはっ！」

あるだろう、と俺は心の中で思ってしまった。

多分、カルミアをご機嫌斜めにすると滅されるなどと思っての誤魔化しだ。

……実際、魔族の力の源でもあった魔王は魔滅の加護、即ち神の力が宿った神竜皇剣リ・エデンにより追い詰められ、封印されたのだ。

共に暮らす仲とはいえ、神自体がアイルのトラウマになっていてもなんら不思議ではない。

ただしそれらを知らないカルミアはアイルの誤魔化しを真に受け、安堵していた。

「そう、よかった。二日目にして同居人に嫌われたら私も悲しいから」

「うむうむ、それも道理ではある。では……失礼して……」

普段なら無遠慮にどの席にでも座り込むアイルが、カルミアの正面側へとちょこんと座り込む。

挙動不審なアイルに周囲の猫精族（びょうせいぞく）も諸々を察したのか苦笑いし、普段との差に、俺も吹き出しそうになってしまった。

周囲の反応に対し、アイルは顔を赤くする。

「レ、レイド！　笑うな貴様っ！　仕方がないだろう……色々とっ！」

「分かる、分かるって。色々とな」

宥めてみると、アイルは「貴様らは分かっておらんからそんな能天気な態度でいられるのだ……。全く、あれほどの力を向けられたときの恐ろしさときたら。今でも鳥肌が立つわ」と呟いた。

一体なんのことかさっぱりといった様子のカルミアは「……？」と目を丸くする。

その時、部屋の奥、キッチンの方から人影が現れた。

「……アイル。食事、取りに来て」

やってきたエプロン姿のミルフィは、アイルへと不機嫌そうに促した。

一方のアイルはどこか救われたような面持ちで「それでは神前より失礼して……」と、そそくさと立ち上がろうとした。

けれどミルフィもアイルの様子から何か悟ったようで、

「……やっぱりいい。そのままでいて」

「まっ、待てミルフィ!?　貴様、分かって言っておるな……!?」

「……なんの話かさっぱりだけど、カルミアの話し相手になってあげて」

ミルフィは再びキッチンへと戻っていく。

明らかに確信犯である。

尚、この場から脱出する口実を失ったアイルは静かに項垂れ、カルミアはアイルの言動が面白かったのか、くすくすと笑っていた。

朝食を終え、猫精族の集落の前にある小池にて。

ロアナやミルフィも伴い、今日は昨日考えた通りに竜の国の外側、つまりは近辺をカルミアに案内しようとルーナたちと合流したところ。

『おや、今日はアイルも一緒なのですね』

ルーナは大層驚いた様子であった。

昨日のアイルを見ていた以上、ルーナの驚きも道理だ。

実際、俺もアイルについては何か理由をつけて今日も一緒に行動しないだろうと思っていた。

けれど……アイルにはアイルなりに、逃げられない理由があったのだ。

「アイル！　その翼や尻尾って本物？　飛べるの？」

「当然、飛べはする。尻尾も魔族の特徴であるから本物だ……」

「へぇ……！」

様々なものに興味を示すカルミアは、現在アイルの体に興味津々だ。

アイルが逃げられなかった理由というのがこれで、朝食の時からカルミアに張り付かれてしまい、離れる機会を失っていたためだ。

神族の恐ろしさを知るアイルは抵抗などせず、されるがままである。

それにカルミアの発言でふと思ったが、魔族たちに古竜並みの魔力量以外の特徴として共通していたのは、背から生える翼と尻尾だ。

唯一その特徴を持たなかったのは、元人間のヴァーゼルのみだったと記憶している。

カルミアがアイルの尾を突けば、アイルは「ひゃぅ!?」と変な動きで飛び跳ねた。

「くっ、これは新手の攻め!?　平時であれば嬉しいところだが……神族相手にやられても不思議とあまり嬉しくは……!?」

訂正、動きと共に話している内容まで変だった。

最近落ち着いていたので忘れていたものの、アイルは大分高度な趣味の持ち主だった。

ロアナ以外にカルミアにも変な影響が出ないことを祈りつつ、尻尾が弱点なのかと頭の片隅に入れておく。

『騒いでいるところ悪いけどよ、行くならさっさと行こうぜ。ここでのんびりしていたら日が暮れちまうよ』

ガラードの一声に、アイルにじゃれついていたカルミアは「分かったわ」と返事をする。

それにガラードがああ言ったのにも理由がある。

昨日はカルミアが空で気絶した都合上、今日は歩いて行こうといった方針でまとまったためだ。

飛んで行くならあっという間だが、歩いて行く以上は時間がかかる、そういう話でもある。

ただし、神族でありつつ、あまり体力のなさそうなカルミアを延々と歩かせるのもどうかということで、

『ほら、乗れよ神様』

「ふふっ、ありがとうね。じゃあ遠慮なく」

しゃがみ込んだガラードの背の上にカルミアがちょこんと座り込む。

当然、今日のカルミアは猫精族（びょうせいぞく）たちから足のサイズに合ったブーツを借り、履いていた。

『他のお嬢様方は乗らなくていいのか？』

「あたしは大丈夫！　体力つけなきゃだもん！」

「……私は疲れたら乗る」

元気いっぱいのロアナに、マイペースな返事のミルフィ。

アイルについては「遠慮しておくかの……最近、運動不足だし……」と言い訳気味に断った。

ようやくカルミアから解放されたと言わんばかりである。

『それでは、行きましょうかね』

ルーナの声が出発の合図となり、竜の国近辺の案内兼散策が始まった。

俺も治癒水薬（ポーション）の素材集めなどで竜の国から出る場合があるものの、実は竜の国近辺は人間目線から言えばかなり安全……などということは決してない。

相変わらず俺のテイムしたグリフォンたちが縄張りを持ち、竜の国の周囲を守っているものの、今もごく稀（まれ）に大型の魔物が迷い込んでくることがあるのだ。

安全圏である竜の国から出てしまえば、そのような魔物に襲われない保証はどこにもない。

さらに古竜たちは空を自由自在に舞える翼を持ち、悪路や崖さえ踏破可能な強靭な四肢を持つが、人間はそうはいかない。

前に体力自慢の猫精族の若者でさえ登るのに失敗したような、崩れやすい崖すら各所にある。

竜の国は南北を巨大な渓谷に挟まれる形で存在している都合上、その外側は事実上の山や崖であり、それらは決して過ごしやすい場所ではないのだ。

ということで、立ち入ってはいけない場所をカルミアに伝えるのも、今日の目的であるのだが、

「む……虫っ!? レイド！ 虫！ なんかでっかい虫がいるわ！」

森に入った途端、カルミアはガラードの背で騒ぎ始めた。

高所に続いて虫も苦手とは、神竜帝国の都会暮らしの貴族令嬢のようだと少し思ってしまった。

「でっかい虫って……」

――まあ、確かに人間の腕でも一抱えはある甲虫だけれど。

騒ぐカルミアが指しているのは、ヨロイムシという生き物で、ミカヅチの記憶でちらっと見えた東洋のカブトムシを大きくしたような漆黒の甲虫である。

芋虫のような生理的嫌悪感のある外見ではなく、甲殻の各所が尖っていてどこかかっこよさすら感じられる見た目なので、神竜帝国の子供たちの人気者でもあった。

しかも餌は樹液で、かつ、どんな木の樹液もよく食べるので、スペースさえあれば飼いやすい。

ヨロイムシはノソノソと動きつつ、ガラードの巨躯に気付いて茂みの中へと隠れてしまった。

カルミアは安心した様子で一息つく。

「あんなに大きな虫がいるなんて。ちょっと驚いたわ」

『安心しろっての。もし飛んで来てもカルミアに届く前に俺が噛み裂いて終わりだ』

「あれ飛ぶの⁉　あんな大きさで⁉」

驚愕するカルミアに応じたのは、ロアナだった。

「うん！　結構速く飛ぶよ？　……懐かしいなぁ。あたしが小さい頃は故郷の里でも皆で育てて、誰が一番大きくできるか競争したから。でも育てていた途中で飛んで逃げられた子もいたっけ……」

「ロアナ、女の子なのに……。猫精族って逞しいのね……」

カルミアはどこか遠い目になってしまった。

そんな彼女に、ミルフィの鋭い指摘が飛ぶ。

「……あの程度で驚いていたら外出できない。魔物はもっと大きく、危ない」

「私、竜の国に引き籠もって暮らそうかな……」

出かける前の威勢はどこへやら、カルミアはさらに遠い目になってしまった。

それから俺たちはまた歩き出し、カルミアに各所について説明をしていった。

「まあまあ。今後もカルミアが一人で竜の国の外に行くことはないと思うから。安心してくれ」

この崖は崩れやすいとか、この洞窟は中が迷路状だから絶対に入るなとか。

その末、ひとまず昼時なので休憩しようといった運びとなった。

休憩所として選んだ先は竜の国の南側にある湖のほとりだ。

ここは古竜たちも水浴びに訪れる場所で、前に俺も彼らに乗せてもらって付いて来つつ、端っこで魚釣りをしていた。

この場所は、そんな憩いの場であるのだが……。

木々を抜けて湖の光景を目にした際、ルーナが『これは』と目を細めた。

彼女の気持ちは俺にもよく分かった。

湖のほとりは巨大な足跡で踏み荒らされ、魚の気配はなく、泥で濁っていた。

木々もそれなりにへし折れて倒れ、酷い有様である。

「こんな濁り、ある程度経てば沈下するか、湖流で下の川へと流されていくはずだ。でも……」

『湖をこんなふうにした奴がまだ近くにいるな。この微かな匂い……なんの魔物だ？』

ガラードは鼻を鳴らして周囲を見回し、警戒する。

『レイドの配置したグリフォンの縄張りを抜けてここまで入り込むとは。どうやって』

ルーナも光を纏って古竜の姿に戻った。

俺はゆっくりと残っている足跡に近付く。

足の大きさは古竜並み、特徴的な蹄の跡もある。

――どこかで見た気がする、かなり前だ……。

そうやって考えた末、修行をしていた頃、ウォーレンス大樹海で見たと思い至った。

しかも魔物は湖に入ったのだと濁った水面が教えてくれている。

おまけに空中でも陸上でも戦えるグリフォンの縄張りを抜けて来られる種類……。

ここまで考えて、ここに潜む魔物の正体について見当をつけた。

同時、現在の時季も脳裏をよぎった。

――まだ肌寒いけれど、じきに暖かな春が来る時季だ……まずいぞ！

「皆、湖から離れるんだ！」

俺がそう言った途端、皆は森の茂みの方へと戻っていく。

自分も湖のほとりに残った足跡から全力で離れた瞬間、濁った水面が爆ぜ、巨躯が姿を現す。

『ヒュウウウンッ！』

霧のように濃い水飛沫が散り、藍色の瞳がこちらを見つめてくる。

端的に表せば、その姿は馬だった。

しかし単なる馬ではない。

体躯は古竜やグリフォン並みで、頭からは一本の青い角が生えている。

体の各所には水を掻くための鰭が付き、背には毛ではなく蒼色の鱗が揃っていた。

巨大な水棲馬……ケルピーだ。

しかも腹が不自然なほどに膨らんでいる、これは時季的にもつまり……。

「ケルピーは清らかな水辺を好む、この湖に子供を産みに来たんだ。木が倒れて水が濁っていたのは、出産直前で気が立って暴れた跡だったんだな……！」

『ヒュオオオオッ！』

甲高く嘶いたケルピーから素早く距離を取る。

ケルピーは馬の魔物らしく、ともかく脚力が強い。

古竜以上にしなやかな脚で蹴られたら一撃で戦闘不能に至る。

しかもあの個体は恐らく、妊娠しながらもグリフォンの縄張りを駆け抜け、ここまで辿り着いたのだろう。

並のケルピーではあり得ぬほどの脚の持ち主と見て間違いない。

ケルピーが嘶くと湖の水面が棘（とげ）のように逆立ち、生き物のように蠢き始めた。

『危険ですね。レイド、ここから離れましょう』

「離れたいけど、向こうが逃がしてくれなさそうだ」

竿立（さおだ）ちになったケルピーは湖の水を操り、こちらへけしかけてきた。

意思を持って繰り出される濁流は、まるで大波が生きているようだ。

アイルは咄嗟に飛び立ち、ロアナとミルフィはガラードの背に逃れ、カルミアも乗せているガラードは一息で空へと舞い飛んだ。

『チッ！　お嬢様方がいるんじゃ乱暴な動きもできねーな！　レイド、封印術で奴を止められねーのか？』

「やってみるさ。封印術・竜縛鎖（リュウバクサ）！」

俺はルーナの背へと退避しつつ、詠唱を開始。

体内から魔力を放出して魔法陣を展開し、空へと上がったルーナの背から、封印の鎖をケルピーへと放った。

竜をも縛る鎖はケルピーの首や胴、脚部へ巻き付き縛るものの、

『ヒュオオオオオオッ！』

甲高く叫ぶケルピーは力業で鎖から逃れようともがいていた。

さらに封印術で魔力を抑えられながらも、周囲の水を操って上空のこちらへ狙いを定めているようだ。

水棲馬ことケルピーは巨大な肉体や強力無比な脚力も然ることながら、厄介なのはこの水を操る能力だ。

近くに水のない環境であればグリフォンのように鎖で縛って終わりだが、ここまで水が多い場所ではそうもいかない。

また、ウォーレンス大樹海に流れる大河はケルピーの縄張りでもあり、ケルピーと他の魔物との縄張り争いで過去に何度も氾濫を起こしているとも聞く。

古竜たちの憩いの場である湖に生息していていい存在ではない。

どうにか湖から引き剥がす方法を考えていると、ルーナが口を開いて口腔に輝ける魔力を充填し始めた。

竜種の放つ一撃必殺の大技、ブレスだ。

しかも古竜のブレスは威力において、神竜帝国を守る空竜種のブレスを大きく上回る。

ルーナの一撃が炸裂すれば、たとえ巨大なケルピーといえど……。

「レイドもルーナも待って！　あの子は怖がっているだけよ！　少し話をさせて！」

ブレスが発射される直前、ガラードの背からカルミアが叫んだ。

ルーナはカルミアの声を受け、ブレスの光を消失させていく。

『しかし、話などどうやって……！　そもそもケルピーに私たちの言語は』

「私、多分話せるわ。そんな気がするの。……だからお願い、私があの子を説得するから」

「ルーナ、ここはカルミアに任せてみよう。神族だから、もしかしたら魔物との会話も成り立つのかもしれない」

『ですが危険ですよ？　カルミアをケルピーの前に降ろしても、踏み潰されてしまえばひとたまりも……』

　ルーナの危惧(きぐ)はもっともなものだった。

　そこで俺は一つ、提案をしてみる。

「なら、すぐ助けられるようにしよう。カルミア、ちょっと動かないでくれ。少し強引だけど……」

「えっ、どうするの？」

「こうするのさ。……封印術・蛇縛鎖(ジャバクサ)！」

　魔術を起動し、手元の魔法陣から一本の細長い鎖を召喚する。

　蛇縛鎖(ジャバクサ)は竜縛鎖(リュウバクサ)よりも遠距離に対応しつつ、繊細な動きも可能な魔術だ。

　その蛇縛鎖(ジャバクサ)でカルミアの胴を数周分縛り、そのままガラードの背からルーナの背へ移動させる。

　自在に伸縮可能な封印術の鎖だからできる芸当だ。

「きゃっ……!?　レ、レイド！　空中を移動させるなんて聞いてないわよ!?」

「少し強引って言っただろ？　それに危ないのはここからだから、あまり暴れないでくれ」

「えっちょっ……何々、一体何をするのかしらちょっと心の準備が!?」

「危なくなったら引き上げるから！　じゃあ、話してきてくれ！」

「いや、まっ……」

カルミアが何か言っている気がするけれど、もたついていたらケルピーを縛っている封印術の鎖も砕かれてしまう。

俺は蛇縛鎖（ジャバクサ）を真下へと伸ばし、それに伴いカルミアもケルピーへと向かっていく。

「レッ、レイドーッ!?　降ろしてくれるのはありがたいけど、もっと他にないの!?」

絶叫するカルミアを眺めつつ、俺たちの真横を飛ぶアイルは若干引き気味に言う。

「まあ、いざという時カルミアを回収することを考えれば、これが最善であろう。竜を着地させ降ろしていたのでは、迅速な回収もできまい。とはいえ神族の娘を釣り餌のような扱いとは。レイドもやるものよな……」

「釣り餌だなんて。アイルも言ったように、カルミアの安全を考えれば、この手が一番だろ」

「うむ、実際そうなのがなんともな……」

俺たちが話している間に、吊り下げられたカルミアはケルピーの目と鼻の先に辿り着いた。

ぶらりぶらりと風に揺れつつ、カルミアは引きつった笑みを浮かべた。

「こ、こんにちは……気分はどうかしら?」

『ヒュイーンッ！』

「そ、そうよね！　こんなふうに縛られていたら良い気分じゃないわよねっ！」

暴れ続けるケルピーに半泣きのカルミア。

ただ、このままではどうしようもないと悟ったのか、カルミアは意を決した表情でケルピーに語りかけた。

「いきなり縛ってしまってごめんなさい、でも落ち着いて？　私たちもあなたを不用意に傷付ける気はないから」

さてどうなるかと見守っていたものの、なんとカルミアがあのように語りかけた途端、暴れていたケルピーがぴたりと静止する。

これまでの暴れ方が嘘のようであり、ルーナも『これは……！』と驚きを隠せずにいた。

カルミアはどこか聞き心地のいい、心に響くような声音で続ける。

「大丈夫よ。そう……そのまま座って。あなたを害する者は近くにいないわ」

『ヒュルルル……』

カルミアの言うままに座り込んだケルピー。

彼女は上空のこちらを向き、ジェスチャーでケルピーの鎖を外すように促してきた。

俺は封印術・蛇縛鎖（ジャバクサ）を解除し、ケルピーを自由にする。

しかしケルピーは暴れる様子はない。

ただ大きな瞳にカルミアを映し、呼吸を穏やかにしていた。

カルミアは恐れなくケルピーの額に手を伸ばし、ゆっくりと撫でる。

そうしてケルピーが心地よさそうに目を閉じてから、カルミアはこちらに手招きした。

先ほどから俺たちへと声を発さないのは、せっかく落ち着いたケルピーを刺激しないようにするための配慮だろう。

ルーナとガラードがケルピーから少し離れた場所に着地してから、俺はルーナの背を降り、鎖を伸ばして先に降下させていたカルミアへと向かう。

「カルミア。もう大丈夫なのか？」

彼女の胴に巻き付いていた蛇縛鎖（ジャバクサ）を消失させつつ聞けば、カルミアは頷く。

「平気よ。この子の心の声が伝わってきたの。……お腹の子を産むために遠くから来たのに、邪魔されたくないって。魔物にも親子の情があるんだなって思ったわ。でも自然なことよね。この子だって生きているんだから」

話すカルミアの横顔には、高所や虫が苦手である無知な少女、といった気配はなかった。

魔物の心を見通したように、全てが見えているかのような、そんな雰囲気さえ漂わせている。

先ほどの心地いい声といい、これが神族の凄みといったものなのだろうか。

ともかくカルミアという少女の力の一端が垣間見えた瞬間であった。

「【ドラゴンテイマー】スキルを持った俺でさえ、相手の心はテイムしないと正確には分からないのに。カルミアは凄いな、魔物の心が読めるなんて」

「そう？　……でもレイドの力も凄かったわよ？　あなたがいなかったら、ああしてケルピーの近くで語りかけられなかったもの」

そうやってお互いを称えていると、これまで静かにしていたケルピーが嘶いた。

しかも体を震わせ、どこか苦しげに『ヴヴヴ……』と呻いている。

体内の魔力を感じてみれば、明確な動きがあった。

「これって……！」

「産まれそうなんだな。少し離れよう」

後退して見守っていると、ケルピーの尻の方からゆっくりと、半透明な膜に覆われた小さな脚が見えてきた。

……それでも脚の大きさから察するに、赤子の大きさは通常の馬とほぼ同じではなかろうか。

見守っていると、母ケルピーの腹からゆっくりと赤子が出てくる。

最後は膜と共に、水が流れるようにするりとこの世に生まれ出てきた。

母親が口で膜を完全に取り去ると、少しの間、湖の岸辺に座っていた赤子のケルピーは、震える脚でどうにか立ち上がった。

母ケルピーは鼻先を赤子の体にくっ付けながら、細い体を労ってやっている。

魔物が生まれる瞬間に立ち会ったのはこれが初めてだが、人々から恐れられている魔物も、やはり自分たちと同じ生き物なのだと実感させられた。

生き物が生まれる瞬間は神秘的と言う人がいるけれど、それは命というものを最も強く感じさせるときだからか。

確かにあの親子からは、強い命の鼓動が伝わってきた。

『んー。子供が生まれる直前に知らねー古竜が来たら、魔物も怒るってもんだよなぁ……』

ガラードは『今は子供にかかりきりなんだ。向こうもこれ以上、暴れることもねーな』と全身に漲（みなぎ）っていた魔力を平時の状態まで弱めていく。

古竜は臨戦態勢に入ると全身の鱗へと魔力を流し、硬化させるが、安全が完全に確保されるまでは着地後も気を抜いていなかったのだろう。

戦い慣れているガラードらしいなと感じた。

「レイド。あの親子、しばらくこの湖にいると思うから。少しの間、古竜たちが近付かないようにできないかしら？」

「皆にお願いする必要があるな。まずルーナだけど、構わないか？」

見上げると、古竜の姿のルーナは『もちろんです』と答えてくれた。

『余所の魔物とはいえ、今回ばかりは仕方がないでしょう。こうして見守った身としては、あの親子の邪魔をするのも無粋に感じられますし。後でお父様たちにも私から伝えておきます』

「ありがとうな、ルーナ」

それから俺たちはこの件を皆に伝えるため、竜の国へと戻ることになった。

竜の国への短い道のりを歩みながら、カルミアはふと、こう問いかけてきた。

「レイド。人型種族も、魔物でさえも……子供を大切にするのなら。神族の私の親も、私に優しいかな？」

「きっと優しいさ。……どうしてそんなふうに思ったんだ？」

カルミアはしばしの間俯き、顔を上げる。

その表情にはどこか、ほんの少しの憂いが見えた気がした。

「ケルピーのお母さん。お腹にいた赤ちゃんのために、ルーナやガラードたち古竜に対しても勇敢に戦おうとしていたでしょ？　もし仮に子供が連れ去られたら、きっと竜の国まで踏み込んできて捜す勢いだったと思う。……でも私の親は、天界って場所から落とされた私を、今も必死に捜してくれているのかなって。レイドの言うように、神族が想像もできないような全知全能の力を持っているなら、すぐにでも私を見つけてくれそうなのに」

「カルミア……」

彼女の疑問に答えることは俺にはできない。

カルミアがどういう事情で竜の国に降りてきたのか。

そもそも何故、竜脈の儀の贈り物扱いだったのか。

彼女の記憶もない以上、何一つとして断定できないからだ。

それに……神族の力もその多くは遥か昔からの神話という形で伝わっているに過ぎない。

その実、どんな力をどう行使するのかは正確には分からないし、その力がカルミアを捜し出せるものとも限らない。

けれど……ほぼ確実に言えることが一つだけある。

「カルミア。君はきっと、記憶を失う前にも誰かに愛されていたはずだ」

「……？　どうしてそう思うの？」

変な推測ならやめてほしいけど、と表情に出ているカルミア。

そんな彼女に、俺は続ける。

「根拠ならあるさ。カルミアが竜の国に落ちてきたときのことだよ。……あの時、カルミアは正に流星だった。あんな速さで地面にぶつかったら、下手をしたら神族でも死んでいたかもしれない。でもカルミアは無事だった。助かった原因はカルミアを包んでいた光。あれにはなんらかの魔術的な、あるいは魔法的な力が明らかに働いていて、カルミアが地面に衝突しないように減速していた。……あの時、カルミアが気絶して、記憶も失っていた以上。その光でカルミアを包んだのは間違いなく君以外の誰かだ。あんなに強い力は、カルミアを大切にしていないと発揮できないさ」

「そう。……そう、だったんだ。今まではただ落ちてきた、としか聞けていなかったけれど。今の話、聞けてよかったわ」

カルミアの表情は明るいものへと戻り、声も弾みを取り戻していた。

……正直、カルミアが家族について、あんなふうに悩むとは思っていなかったけれど。

やはり記憶がない不安から、こうして様々な方向に悩んでしまうものなのだろう。

——早いところカルミアの記憶が戻ればいいけれど。流石に俺も竜の国に住んでいる皆も、記憶を取り戻す方法は分からない。自然に戻ってくれるのを待つか、その方面に詳しい誰かに頼んでみるか……。

俺のツテでは神竜帝国の宮廷の医術師くらいしかいないけれど、皇帝から追放された俺が表立って宮廷の人間に接触するのは難しい。

けれどいよいよとなればそれも選択肢に入れて考慮すべきだろうと、俺は頭の中を整理した。

建築物の白磁色、青々とした木々の色、清らかな水の色。

無垢なこの三色と透き通った空の色のみで彩られていた天界は今や、闇が覆う影の国と化した。

廃墟で揺らめいていた炎すら、他に食らうものがないかと、小さく蠢くばかり。

濃い闇の層は陽光さえ通さず、ただ重たくそこに立ちこめるのみ。

かつて神々の楽園だった瓦礫の上、一人の男が腰を下ろしていた。

彼は目を閉じ、しばらく――あるいは人間でいうところのそれなりの月日を――ただそのようにして過ごしていた。

中性的な顔立ちや容姿も含め、最早神像めいた美しい姿。

されど彼は何かを感じ取ったように睫毛を震わせ、ゆっくりと目を開いた。

「見つけた。……ようやく来たね、僕ら神族の命運を決するときが」

彼はゆるりと立ち上がり、傍らに突き立つ赫槍を手にする。

そしてもう片方の手を虚空にかざし、払った。

途端、天界の砕けた石畳の隙間から粘性のある闇が浮かび上がり、みるみるうちに人型となる。

「君らは僕の従順なシモベにして、新たな種族。神が創造した、人間以上に神に近いモノ。それらをかつて天界では天使と呼んだけれど……そうだな。ただ天使と呼ぶのみではつまらない。君らは僕の敷く新たな世界の住人なのだから」

彼はそう言い「どうしようかな」と声を軽くして顎に手を当てる。

闇より出でし人型は完全に形を固定化し、彼の前に跪(ひざまず)いてゆく。

その数、天界の石畳を覆い尽くすほど。

これぞ正に、死した神々の遺した魔力を彼が制御下に置き、闇として変換し、完全に使役している証拠。

新たな天の軍勢の目覚めに、彼は「よし」と指を鳴らした。

「安直だけれど、君らは黒天使(ケルビーニ)とでも呼ぼうかな。魔神たる僕のみに仕える従順なシモベ。では……行こうか」

魔神……ノルレルスは血色で彩られた外套(がいとう)を翻し、足下……即ち地表を指し、告げた。

「魔を統べる神、魔神ノルレルスの名において命ず。地表、神竜の末裔(まつえい)が住まう地へ逃れた神を迎えに行け。刃向かう者はたとえ神であっても殲滅して構わない。……目標の子以外はね」

ノルレルスは己の内の強大な魔力を解放し、その力を黒天使(ケルビーニ)たちに分け与えてゆく。

力を得た黒天使(ケルビーニ)たちは喜びに打ち震える。

その最中……人知れず、ノルレルスは小さく頬を引きつらせた。

彼は配下が皆、跪き顔を伏せているのを確認しつつ、心の中で続けた。

――この痛み。これまで動きを止めていたにもかかわらず……やはり限界か。けれどそれでこそ、目標を得る価値があるというもの。

魔神らしからぬ中性的な顔に好戦的な微笑みを湛え、ノルレルスは配下を……かつての同胞のなれの果てを率い、天界を発った。

——天界を崩しても尚、彼の戦いは未だ終わらず。

——寧ろ終わりなき戦いこそが、彼の神としての宿命であったのだ。

——正に空の向こう、星を抱き、今尚広がり続ける暗黒の世界が如く。

カルミアが現れてから既に、一つの季節が過ぎ去ろうとしていた。

彼女はもう、立派に竜の国の一員として過ごしている。

一緒に古竜の鱗を磨いたり、木の実や野草の採集に出かけたり、マタタビパン作りに挑戦してみたり……。

猫精族の赤子たちもカルミアの顔を覚えたようで、彼女が近付くと笑うようになっていた。

そして魔物の心を読めるカルミアにとっては赤子の心を読むのも造作もないことなのか、赤子たちが泣くといつも欲しいものを的確に与え、泣き止ませていた。

猫精族の親たちもカルミアの活躍ぶりに、何度も助けられたと言っているほどだった。

……ただ、肝心のカルミア自身の記憶は未だに戻ってはいない。

最近のカルミアはどこか吹っ切れた様子で「いいの。良い思い出も戻らない代わり、嫌な思い出だって戻らないでしょ？」と話していた。

とはいえ本当にこのままで良いわけもなく、本格的にカルミアの記憶をどうにかするべきかなと、俺はルーナの咆哮を通して神竜帝国にいる空竜のフェイたちと相談を行っていた。

竜の咆哮は山々すら超え、互いのもとへと届くのだ。

「……ってことでさ。神竜帝国の宮廷に忍び込みつつ、医術師に接触できるタイミングはないか？」

『少し待ってくださいね』

古竜の姿のルーナが咆哮を飛ばすと、数十秒ほどしてから、

『フェイたちから返事が届きました。夜分であれば可能ではないかと。前もってレイドが神竜帝国の第一区に忍び込み、フェイたちが竜舎から出て咆哮を上げ、周囲の気を引いた直後ならば。宮廷へ忍び込むのも可能ではといった話です』

俺の耳には遠方からのフェイの咆哮は届かなかったものの、聴覚の鋭いルーナには十分聞こえたようだ。

ただし、フェイからの返事を聞きつつ、少々難しいかと判断する他なかった。

確かにこの手なら宮廷には忍び込める可能性はある。

でも兵たちに見つからずに医術師に接触できるかは運次第だ。

それに俺が向こうに戻ったと露見すれば、あの悪辣な皇帝を刺激することとなり、また面倒を引き起こす可能性も考えられる。

フェイたちを巻き込む可能性もある以上は、どうしても全てを秘密裏に済ませたいが……。

——カルミアのためとはいえ、流石に難しい。

神竜帝国の宮廷に勤める者たちは基本、各分野に秀でた帝国最高峰の専門家なので、頼れるなら彼らを頼りたかったものだが、これではどうしようもない。

こうなったら記憶を戻す手段を知る、または記憶喪失の原因を確かめる方法を探れる医術師を、イグル王国で探すのも手だ。

「ルーナ、フェイたちにありがとうって伝えてくれ。今後、また相談するかも、とも」

『分かりました。ではそのように』

ルーナが再び咆哮を神竜帝国へと飛ばす傍ら。

俺は古竜たちや猫精族(びょうせいぞく)のくつろぐ周囲の草原を見回してから、ルーナに問いかける。

「そういえば肝心のカルミアがどこに行ったか、知っているかい？」

『いいえ、聞いていませんが……。恐らくはあの湖に行ったのではないでしょうか。ケルピーの様子を見に、ロアナやミルフィと定期的に通っているようでしたから』

じきに昼食の時間帯だが、三人はそれまでに戻ってくるだろうか。

「遅いようなら昼食を持って行ってやるのもいいかな」

呟きながら、俺は空を見上げた。

今朝から晴れ渡っており、歩いて向かうのにも良い天気に思えた……ものの。

渓谷と渓谷の間、山向こうから暗雲が迫ってきているのがちらりと見えた。

——これは一雨来るかもな。三人と合流するまで天気が保(も)ってくれればいいけれど。

「待ってロアナ！　……もう、相変わらず走るの速いわね！」
山道に等しい、木の根や岩で足場の悪い道を、ロアナはするりと抜けるように駆けてゆく。

猫精族(びょうせいぞく)というのは子供でもあんなに身軽に動けるのか。

体力だって私からすれば無尽蔵に思えた。

——というか、種族的にもロアナがああやって身軽にぴょいぴょい動けているのは納得できるけれど……。

「……カルミアもそろそろ、もっと体力を付けるべき」

全く息の上がっていないミルフィについては、本当に水精霊(すいせいれい)のお姫様？ と突っ込みたくなる。

私の体力がないだけなのかと思ったけれど、いや、そんなことはない……と思いたい。

……思えば、ミルフィは定期的にロアナと修業と称して戦っているけれど、あれは明らかに子供の修業とか手合わせとか、そういう次元を大幅に超えているものだ。

ロアナの素早さは目で追うのが困難なほどだったし、魔法主体で戦うミルフィだって、場合によっては体の動きでロアナの一撃を躱(かわ)すのだ。

過去の記憶がないのであまりはっきりとしたことは言えないけれど、多分、ロアナとミルフィの体力は他の人型種族の子供の比ではない。

レイドの引き気味な反応を見た限りでもきっとそうだろう。

そんな二人に付いて行っているのだから、私が疲れないはずがないのだ。うん。

「ごめん、ちょっと休むわね……」

額に滲(にじ)んだ汗を手の甲で拭いながら、私は一度立ち止まって息を整える。

木々から差し込む日差しは強く、それが時の経過も感じさせた。

——私が竜の国に来た頃はまだ、こんなに暑くはなかったもの。季節が変わったとなれば、それなりに長く竜の国にいるのよね。

そんなふうに思っていると、ミルフィが肩をつんつんと突いてきた。

「……休憩終了。早くしないとロアナを見失う」

「わ、分かったわよ。頑張って歩くから」

「……違う」

「えっ、何が？」

「……歩くんじゃなくて走って」

——容赦ないわね、この水精霊(すいせいれい)!?

しかも普段通りの真顔であぁ言うのだ、まだ息の整っていない状態の私に！

仕方なく小走りで移動すると、先に目標の地点に到着していたロアナの背中が見えてきた。

するとロアナは「あ、やっと来た！」と猫耳を立てた。

「カルミア様もミルフィも遅かったね！　……カルミア様、息が荒いけどどうかしたの？」

「な、なんでもないわよ、これくらい……！」

「……なんでもある様子だけど」

——それはミルフィが急かすからよ……っ！

ミルフィの冷静な一言に、そう喉から出かかったけれど、ぐっと堪えた。

懐いてくれているロアナの前で弱音を吐きたくないといった思いが勝ったからだ。

ただし後で、次から歩いて行こうと二人に提案しようと心に決めた。

ミルフィは私の、恐らくは体力についてまだ何か言いたげにしつつも、視線を前方へ向ける。

私たちが今いる場所は湖に近い茂みで、視界には澄んだ青空と湖がいっぱいに広がっている。

そしてその中に、巨大な水棲馬、ケルピーの親子が佇んでいた。

「……よかった。子供も無事に大きくなっている」

そう話すミルフィはどこか嬉しげだ。

最近、いつでも真顔に見えていたミルフィの表情の変化が、少しずつ分かってきた。

今は微妙に口角が上がっているので多分笑っている……と思う、見間違いでなければ。

「ミルフィ、やっぱり水精霊のあなたからすれば、ケルピーの子が育つのは嬉しいの？　同じ水を操る種族同士だから」

聞いてみれば、ミルフィは「……そうかも、しれない」と曖昧に答えた。

「……私にもよく分からない。ケルピーは魔物で、魔族に率いられていたとはいえ、魔物は私の故郷を滅ぼした。だから魔物はあまり好かない。でも……」

ミルフィはケルピーの子を見つめたまま、

「……どんな種族でも、子供が育つのは良いことだと思う。ただ、それだけ」

「うんうん、そうだよね。それにあの子、可愛いもん！」

ロアナは明るく言いつつ、やはりケルピーの子供を眺めていた。

「二人の言う通りね。子供が育つのはいいことだし、ケルピーの子は可愛いもの。それで三人揃って様子を見に来ているんだから」

ケルピーの子供は母ケルピーにじゃれつき、母ケルピーはそれを慈しむように見守る。

私たちは暫くそんな光景を眺めていたものの、不意に陽光が陰ったのに気付いた。

見上げれば、空には重たい暗雲が立ちこめ、陽の光を遮っていた。

「潮時かな、そろそろ行きましょうか。雨が降る前に戻らないと」

「……昼食もある。その意見には賛成」

「じゃあ、急いで帰ろう！　帰りは競走でもしない？」

無邪気なロアナの提案に、ミルフィは「……乗った」と短く返事をする。

さらに二人はじっと私を見つめてくる。

……まずい、このままでは私の体力が間違いなく保たない。

どうやって競走を回避しようかと全力で考えていると……。

『ヒュルル、ルルルルル……！』

天を見上げ、母ケルピーが低く嘶く。

強く警戒した気配は出会った当初を彷彿とさせた。

子ケルピーは母の腹へと不安げに寄り添う。

親子は何を感じたのか、次の瞬間には湖に潜っていった。

水棲馬らしい素早い泳ぎで、巨体が一気に視界から消える。

……同時、全身が氷漬けになったかのような悪寒が駆け巡った。

「何、この感じ……？」

見ればロアナは尾の毛を逆立て、ミルフィに至っては魔力を解放しつつあった。

「嫌な感じがするね……ミルフィは？」

「……大丈夫。何が出てきても仕留める」

穏便でない発言をしつつ、ミルフィは魔法で水を練り、弓と矢を生成して構えた。

狙うは天の暗雲。

姿は見えないけれど、間違いなく良くない何かが天上にいると、この場にいる三人全員が直感的に理解していた。

……三人揃ってじっと身構え、数秒間。

それが、それらが現れたのは、ほんの瞬きほどの間だった。

暗雲から溶け出るようにして、黒い影が、黒い靄(もや)をまき散らしながら、次々に飛び出してくる。

漆黒の翼に黒の甲冑(かっちゅう)を身に纏った、騎士のような出で立ちの者たち。

けれどその身に秘めた魔力は明らかに規格外であり、一体一体が古竜並みどころか……それを超越して余りある。

かつてレイドが対峙した魔族は一体一体が古竜並みの魔力持ちという化け物だったと聞くし、現に食っちゃ寝生活を送るアイルでさえ、魔力量だけなら確かに古竜並みだ。

普通ならそんな連中がゴロゴロと存在しているわけがないのに……古竜や魔族を大幅に上回る魔力の持ち主が、次々に……数百という数で降下してくる。

それもこの湖を取り囲むように、何かを狙うように。

「何……？　あのケルピーの親子を狙っているの？」

「……それにしては動きが変。湖へ攻撃を仕掛ける様子もない」

「違うよ。嫌な匂いが伝わってくる。あの人たち、あたしたちを狙っている……！」

猫精族は匂いで相手の心を読めると聞いたことがある。

そんなロアナが言うのだから、間違いないだろう。

「……来る！」

天から高速で飛来した黒騎士の一騎が、鞘から剣を引き抜いて迫る。

ミルフィが矢を放つものの、黒騎士は剣を振るってそれを弾いた。

——嘘。ミルフィの矢、前に魔物の体表を簡単に穿ったほどなのに……！

「……ロアナ！」

「分かっているよっ！」

黒騎士が左手を伸ばしてこちらに到達する寸前、ロアナとミルフィが左右に分かれた。

右へ跳んだロアナは私を抱えて大きく逃れ、左へ跳んだミルフィはそのまま黒騎士へと水の塊を生成して放つ。

無数の槍のような形状となった水は、黒騎士の鎧に突き立つけれど……。

「……効いてない。そもそも出血すらない……？」

「ミルフィ！」

貫かれつつも、水槍を無視して剣を振り下ろした黒騎士。

ミルフィは自身と黒騎士の間に水を割り込ませて防御に回すけれど、一撃を受けきれずに宙へ放り投げられてしまった。

あまりにも体格差がありすぎたのだ。

割り込ませた水で出血はないように見えるものの、ミルフィは勢いを殺しきれずにそのまま湖へと落ちてしまう。

「そんな……！」

悲痛な声を上げるロアナ、私もミルフィを助けに行きたい気持ちでいっぱいだった。

でも動けなかった。

目の前の黒騎士が、鎧の隙間から照る、血色の瞳でこちらを見ていたから。

感情のない、生気のない、命のないような瞳に、根源的な恐怖を覚えて足が止まる。

ロアナは全身に魔力を漲らせ、いつでも跳躍できるよう構えているものの、小さな体が小刻みに震えていた。

ミルフィの落下地点には他の黒騎士三騎が集まり、あの子を捜そうとしている。

状況も理解できないまま、ここで終わる……そんな予感が脳裏を掠(かす)めたとき。

「……まだ、まだっ……！」

湖の水が巨大な竜の顎の形となり、黒騎士三騎を呑み込んだ。

さらに湖の中央が輝き、中からミルフィが浮かび上がって、水面に立ち上がった。

息は切れているものの、瞳はいつになく鋭く、天を覆う黒騎士たちを睨んでいた。

「……私を湖に落としたこと、後悔するといい！　これだけの水があれば……！」

ミルフィが叫んだ途端、湖全体が揺れ始めた。

さらにミルフィ自身が全身から淡い燐光を放っている。

魔力の解放、水精霊としての真価を発揮しつつあるのだと理解した。

「……はぁっ！」

湖の水が底の方、ケルピー親子が潜んでいる場所を除いて一気に宙に浮き上がり、一つの巨大な姿へと変貌してゆく。

天を掴むような翼、逆巻く水による四肢、精悍な顎と顔つき。

その姿は紛れもない古竜だった。

けれど大きさは桁違いで、角の大きさを見る限りでは、古竜の間で神と崇められる神竜に匹敵するほどではないだろうか。

「……行けっ！」

ミルフィが命じれば、水の巨竜は宙に浮かび黒騎士の群れへと向かう。

黒騎士たちは剣から黒の斬撃を飛ばし、攻撃を仕掛けるものの、体が水で構成されている巨竜には効果がない様子だ。

「このまま押し切れるの……!?」

微かな希望が垣間見え、思わず笑った、その刹那。

「へぇ。どうしてなかなか、面白い手品だ」

バスン！　と空を裂く音が響いて、水の巨竜が弾け飛んだ。

雨のように降り注ぐ巨竜だった水に、ミルフィは「……嘘」と膝をついてしまった。

「これほどの水を操るとは、地表の種族にしてはやる方だ。この感じ、君は精霊なのかな。それも水を司る方の」

頭上、声のした方を見上げれば、黒騎士たちが一斉に宙に浮いたまま跪く姿勢となった。

その中心にいるのは、黒い外套を纏った人物。

声からして若い男性のようだけれど、声を聞かなければ性別を判断できないほど、非常に中性的な顔立ちだった。

ただし、その姿はどこか禍々しくある。

血色の瞳と衣服の装飾が怪しく輝き、手には赤い槍……赫槍を握っている。

状況からして彼がミルフィの水竜を一瞬で撃破したのだろう。

それを悟ったとき、もとい、彼の姿をああやって認識したとき。

悪寒を通り越し、心臓を鷲掴みにされたように感じ、鼓動が早鐘を打ち始めた。

彼は……いいや、あれは。

この世に存在してはいけないものだと、目の前に現れていいものではないと、私の魂が叫んでいるような気がした。

絶対的な何かが、ヒトのような姿で、ヒトのような口をきいている。

決してヒトではない何かが、ヒトの真似事をしている。

そんな錯覚に陥るほどの絶対的な威圧感と絶望感、死の気配。

中性的な顔立ちが悪魔の面貌に感じられてならない。

私は神族故なのか、魔力の流れを竜の国に住む誰より視覚や感覚で捉えられる。

でも、彼だけは何も分からない……見えなかった。

何せそこにあったのは、底なしの闇だったから。

魔力を見ようとすると人型の輪郭を残し、彼が闇色に塗り潰される。

光を通さない、あるいは逃さない漆黒。

世界が黒く人型にくり抜かれているかのような、底知れない魔力。

こんな魔力の持ち主は、まさか……。

「し、神族……なの……?」

問いかければ、彼は小さく目を見開いてから、肩を揺らす。

……声を押し殺して笑っているのだと気付くのに、数秒を要した。

「くっ……ははははっ！　こいつは傑作だ！　出会って早々に神族なの？　って。一体なんの確認かな。そうだよ、君と同じ神族さ。ついでに今がどういう状況なのか、大体は君も……」

そこまで言って、彼は閉口する。

何を思ったのか、細い顎に手を当てて小さく唸り「ああ……そうか、そうだった。知らないのも仕方ないのか」と語った。

「何、一人で納得しているのよ」

精一杯の虚勢を張って語りかけるものの、声が震えてしまう。

本当に同じ神族なのかと思うほどに、力の桁が、次元が違うと表す他ない。

彼がその気になれば、私は一瞬で命を刈り取られる。

でも……ここで屈したら、ロアナとミルフィを裏切ってしまう気がして、私は話しを続ける。

「私にも分かるように説明なさい……同じ神族なら！」

「分かるように？　説明したところで何になるのさ。僕になんの、得がある？」

彼は少し気分を害したのだろう。

目を細めて私に問う。

するとそれだけで、私の首が絞まった。

……否、絞まったように感じるのだ。

声が出ない、声が、それどころか呼吸さえ止まっている気がした。

彼の存在感に呑まれて、体の感覚すらなくなってしまったかのような。

「まあ、教えてやってもいいけどさ。でもこんな泥だらけの場所じゃあ風情(ふぜい)がない。君と話し合うならより相応しい場所がある。僕らの居城、天界さ」

彼はゆっくりと降下し、こちらへ寄ってくる。

そのまま彼の手が私に届きかけた、寸前。

「……カルミアッ！　させない！　私は二度と、故郷も仲間も失いは……！」

聞いたこともないほどに声を張り上げ、ミルフィが割り込もうとやってきた。

足場にした水を伸ばし、湖からこちらへと滑るようにしてやってくる。

途端、私は呼吸を思い出し、咄嗟に叫んだ。

「だめ！　私のことはもう……！」

そこから先は、時間がゆっくりと進んでいくようだった。

黒い青年が赫槍を横薙ぎにし、ミルフィはそれを防ごうと水を操る。

でも水は足止めにもならず、全てを断ち切って穂先がミルフィの首に届こうとしていた。

穂先をゆっくりと目で追うミルフィは歯を食いしばっていた。

このままでは終われない、そんな焦りと怒りでいっぱいの表情だったけれど、最後に口を動かし、私を見て悔しげに「ごめん」と言った。

「ミルフィ……！」

ロアナが飛び出すものの、もう間に合わない。

そのままミルフィの首に穂先が入りかけた……瞬間。

ミルフィの首に穂先が届くより先、穂先が何かに食い止められて火花が散り、時間の流れが元に戻る。

甲高い金属音が響いて、黒い青年の視線が乱入者へと動いた。

「君、その剣は……！」

「ミルフィから、離れろ！」

上空から降下し、剣で赫槍を止め、すんでのところでミルフィを救った人物。

彼は普段の優しげな表情を、覚悟の籠もった武人のものに変え、神族へと臆さず立ち向かっていた。

「レイド！」

「カルミア！　ミルフィとロアナを連れて逃げるんだ！」

三人の昼食を手に、俺が湖に向かおうとした、少し前。

竜の国では、天空からとんでもない魔力を感じると大騒ぎになっていた。

竜王の迅速な指示で猫精族や古竜の子供たちと卵など、非戦闘員は速やかに安全な避難場所まで逃がされた。

さらに動ける古竜を総動員し、大魔力の集まる場所、即ち湖へと向かうに至る。

当然、俺もリ・エデンを帯剣し、ルーナの背に飛び乗った。

『こんな魔力……これでは！』

「一体一体がヴァーゼル並みかもな。それが数百体か……」

状況の把握も大事だが、湖にはロアナ、ミルフィ、カルミアの三人がいるはず。

三人の救出もと考えた矢先、ルーナの背から見えたのは天を覆う、漆黒の翼を持った黒い騎士の群れ。

翼の形状は蝙蝠めいた魔族と異なり、鳥の翼のようでもあった。

色が白ければ美しかったのだろうが、これでは禍々しさしか感じられない。

次いで現れたのは水の巨竜。

天に舞い上がった途端に古竜から『あれは水精霊の姫君の！』と歓声が上がった。

だが直後に撃破され、ほぼ同時に黒騎士が宙で跪く。

何事かと見ていれば……後はもう、語るまでもないだろう。

尋常ならざる気配と魔力。

恐らくはカルミアと同じ神族。

それが配下を伴ってやってきたとなれば、位置からしても目的はカルミアだ。

急いでルーナに向かってもらえば、ミルフィが全てを懸けたといった表情でカルミアを助けに入っていた。

……ミルフィはかつて、故郷と水精霊の一族を失い、育ての親同然のお爺さんも亡くした。

だからこそ、普段無表情に見えても、ミルフィも有事の際は竜の国や皆を守れるようにと、日々修業を積んでいるのは知っていた。

俺が竜の国を、ここも故郷だと思うように。

ミルフィも同じように思っていることを俺は、俺たちは知っていた。

だからこそミルフィは故郷に住む仲間を、家族を、カルミアを守ろうと必死なのだろう。

……そんな子だからこそ、俺もミルフィを守りたい。

こんなところで決して死なせはしない。

ただその一心のみで俺はルーナから飛び降りた、着陸してもらっていては間に合わない。

されどこのままでは飛び降り自殺に等しく、人間の体は素で樹木数本分の高さからの落下に耐えられるようにはできていない。

だからこそミカヅチの記憶から引き出し、密かに練習を重ねていた技術、魔力操作を解放する。

竜が臨戦態勢に入ると魔力で全身を硬化させるように、人間も体内に流れる魔力によって身体能力を飛躍的に向上させられる。

ならば体内の魔力を総動員し、状況に応じて重点的に肉体を強化する部分を選べるとすれば。

戦闘において大いに有用であるし、ミカヅチは技術としてそれを可能にしており、俺もつい最近ながら鍛錬の末にそれを習得できていた。

全ては一族や戦闘にまつわる知識を、ミカヅチが欠かさずに継承してくれたお陰だ。

神竜皇剣リ・エデンを引き抜き、神族の青年からミルフィを庇う直前。

足腰を魔力で強化し、落下の衝撃に耐え、体勢を崩さずに適切な姿勢で赫槍の穂先を受け止めた。

全身を衝撃が駆け巡るが、強化された足腰は赫槍の一撃にも耐えきり、ミルフィは辛うじて無事だった。

「君、その剣は……！」

「ミルフィから、離れろ！」

青年の声を無視し「レイド！」と呼ぶカルミアへ、俺は声を張り上げた。

「カルミア！　ミルフィとロアナを連れて逃げるんだ！」

こくりと頷いたカルミア。

俺が青年を抑え込んでいるうち、三人は降下してきた若い古竜の背に逃れた。

『おう！　お前は竜の国へ戻れ！　三人のお嬢様方を頼むぜ！』

『任されました、ガラードの兄貴！』

ガラードの声を受け、若い古竜がカルミアたちを連れて空へ戻る。

しかし神族の青年が「馬鹿め」と呟けば、黒騎士たちが一斉に若い古竜に殺到する。

『げぇっ……!?』

低く悲鳴を上げた若い古竜。

だが、黒騎士たちの剣は届かなかった。

何故なら……深い臙脂色の大柄な古竜が、黒騎士の行く手を阻むように飛来したからだ。

『俺も混ぜろや！』

「ガラード！」

ガラードの顎は瞬きの間に黒騎士二騎を真っ二つにして消失させ、ブレスを牽制として放つ。

ひらりと黒騎士たちに躱されるものの、ガラードは動じない。

『魔族相手にも躱されたんだ。的が小さきゃ……後は力業だッ！』

ブレスの回避で体勢を崩した黒騎士たちを、ガラードは自慢の爪で引き裂いて塵に変えた。

その隙にカルミアたちを乗せた若い古竜は逃れ、尚追い縋ろうとする黒騎士たちを、ガラードが阻む。

『なんだなんだぁ？　魔力は尋常じゃねーけど、全員が魔力でできた木偶じゃねーか。肉体ですらねぇ、となると……』

ガラードは楽しげに言いつつ、神族の青年へ視線を向けた。

『お前がこいつらを操っているって寸法だ。どんなに魔力が強かろうと、操られてばかりの人形じゃあ……肉体派の古竜サマには敵わねーなァッ！　動きが杜撰だぜ！』

ガラードの言う通り、よく見れば黒騎士たちの動きは直線的だ。

操られているという表現も間違ってはいないように思える。

思えるけれど……。

『ガハハハハッ！　さあ！　どうしたどうしたァ！　この程度かよ、神族の配下ってのは！　もっとこの俺を愉しませてみろよなぁ！』

――言動が完全に悪役のそれだ！　物語に出てくる悪い奴！

実際、ガラードは神族の配下を蹴散らしているので、神話によっては悪役確定だ。

とはいえ……今この場で、善悪をこれ以上考えている暇はない。

何せ目の前には正真正銘の神族が立っているのだから。

神族の青年は赫槍を跳ね上げ、その勢いで、剣身で穂先を押さえていたこちらの体が宙に浮く。

地に足が付いていなければ回避に難がある、生じた隙に冷や汗が垂れる。

石突きをこちらの胴へ叩き込まんと振られ、咄嗟にリ・エデンを防御に回す。

空を裂く音が轟き、火花が散るが、振られたはずの赫槍が弾かれたように離れていく。

今の様子から、何が起こったのか理解した。

「魔滅の加護が機能している……？」

先ほどミルフィを庇った際にも赫槍とリ・エデンとの間で火花が散ったが、正確にはその後、両者が接触している間も散り続けていた。

衝突の瞬間以降も発揮されるリ・エデンの能力、それも光を伴ったものとなれば、もう魔滅の加護以外に考えられない。

まさか、目の前の神は……。

「あなたは、魔族の神なのか……？」

魔滅の加護は魔族を滅するための権能、神竜による祝福。

ならば魔族の創造主である神にもその力は届き、反応するのが道理ではないのか。

何せ神竜の力も、れっきとした神の力であるのだから。

問いかけに対し、青年は「そうだよ」と涼しげに応じた。

「名乗り遅れたね。僕は魔の神、魔神ノルレルス。そういう君の剣は神竜エーデル・グリラスの力が籠もっているね？　昔、一時天界でも話題になったよ。堅物(かたぶつ)のエーデルが人間風情に力を分け与えたって。まさか時を超え、彼の力がこんな形で僕に牙を剥くとは。さっきは少し驚かされた。けど……」

青年、もとい魔神ノルレルスは中性的な、場合によっては少女のようにも見える顔に影を宿し、体から漆黒の魔力を発した。

……魔王やヴァーゼルには悪いが、同じ魔の力でも文字通りに次元が違う。

無限に等しい魔力を持っていると感じられた魔王でさえ、魔力の濃さで言えば、ノルレルスより遥かに薄く思えてしまう。

……魔神ノルレルス、その名は確かに俺も知っている。

魔に類する者を創造した神。

この世を裏側から支える者を生み出した存在。

魔に類する者とは何かと幼い頃に疑問に思い、あの時は「そうか、魔物か」などと思ったものだが……。

今さっきの問答の通り、ノルレルスは魔族を生み出した魔族の神だったのだ。

しかもこの世を裏側から支える者……捉えようによってはこの世の裏側とは地底だ。

つまりは地底に住まう魔族を生み出したと、遠回しに神話として伝えられていたのだ。

この場で理解したところで、詮無き内容ではあるが。

「神竜の力があろうと、所詮は人間。僕らの主神もどうして古竜や君みたいな奴らにあの子を、神族の命運を託す真似をしたのか。ナンセンスすぎて理解に苦しむ」

「主神、だって？」

なら竜脈の儀でカルミアを竜の国への贈り物扱いで送り出したのは神々の主、主神であるのか。

主神……女神トリテレイア。

この名はどの国の神話にも現れるとされる、世界共通で認識されている神々の君主。

主神の送り出した神族の少女を、魔族の神が狙う構図。

となればカルミアは最初から、ノルレルスの魔の手から逃れるべく竜の国へ送られてきた可能性が高い。

記憶喪失の原因は不明であるものの、大まかに状況を理解できたのはありがたかった。

後は……。

「この窮地を脱して、今後の方針を考えるだけだな……！」

「無駄な抵抗はよした方が賢い。君の力でどう僕に立ち向かう？　それにね……僕も君を逃す気はないんだ。あがけば苦しむだけだよ」

「何……？」

「当然だろう？　魔王殺しの英雄、皇竜騎士レイド・ドライセン。君が僕の可愛い魔族たちを葬ってくれたお陰で、諸事情により僕は困りに困ってしまった。お陰で直接出向いて諸々を済ませるほどになってしまったのさ、こうやってね」

ノルレルスは「やれやれ」と首を横に振った。

奴の語る諸事情とやらは気になるが……言われてみれば、そもそもノルレルスに目を付けられるのは当然だ。

「魔族を創造したあなたからすれば、俺は子の仇同然か」

「子の仇？　いいや、それは人間の感性が過ぎるね。そんな君には、ゆっくりと僕ら神々の事情も語り聞かせてあげたいけれど……残念。今は時間がない」

ノルレルスは大地から漆黒の魔力を吹き上げ、深紅の稲妻を纏いながら、赫槍を構えた。

隙を見せれば……あるいは見せずとも一撃で命を奪われる予感。

呼吸で肩が上下するだけでも隙になるのではという感覚。

奴以外の存在が視界から消えたと思ってしまうほどの圧。

一挙手一投足を見逃すまいと、瞬きすらしたくない。

かつて戦ったヴァーゼルはなんだったのかと、そこまで考えてしまった。

――でも、奴が扱うものが闇に類する力ならば。どうにか夜刀神（ヤトノカミ）を当てれば、あるいは……！

夜刀神（ヤトノカミ）は闇の竜、もしくは闇の力を空間ごと封じるための封印奥義だ。

されど今の俺にはミカヅチほどの魔力はなく、ヴァーゼルに決定打を与えたほどの夜刀神（ヤトノカミ）も単身では一度しか起動できない。

……空間ごと封印せず、前にアイルに放った蒼天軻遇突智（ソウテンカグツチ）のように、単なる属性の力を封じる封印術として扱えば……何度かの起動は可能となる。

しかしそんな甘い考えでは一瞬で命を散らされるだろう。

焦らずタイミングを見計らい、一息の攻防に全てを賭ける……そんな覚悟を固めた際。

『レイド！』

上空にて数ばかりの黒騎士たちを粗方片付けたルーナが、ノルレルスの頭上からブレスを放つ。

ノルレルスは姿勢をそのままに、闇の魔力を帳（とばり）のようにしてルーナのブレスを逸らした。

古竜のブレスを動かず対処するその姿、正に規格外。

――それでも魔力は乱れた。機会は今、この時に！

「封印術・奥義――夜刀神（ヤトノカミ）！」

ありったけの魔力を消費して魔法陣を二重展開。

全身の隅々から魔力を搾（しぼ）り取って夜刀神（ヤトノカミ）を起動し、リ・エデンの刃（やいば）に封印の力を込める。

だが、まだだ。

――ヴァーゼルと戦ってから、ミカヅチに多くを託されてから。俺も成長している！

その成果を今、発揮する時。

「神竜帝国式・竜騎士戦剣術――竜爪一閃（リユウソウイツセン）！」

竜が翼爪を獲物へ叩き込むかの如き神速の突き技。

ミカヅチが得意としていた剣技の一つにして、刃に封印術を纏わせることで、貫いた相手を確実に倒す一撃必殺と化す。

さらにリ・エデンの魔力を利用し、全身を強化して速度を増加。

決死の思いで放ったこの一撃は間違いなく、人間の出せる限界速度を上回って、猫精族（びょうせいぞく）をも凌駕するだろう。

全てを懸けた一撃は、確かに隙の見えたノルレルスの防御の動きを超越した……かに思えた。

「全く、ただの竜飼い如きがそんなに力（りき）むものじゃない」

「……っ!?」

リ・エデンの剣先がノルレルスを捉えたかに見えたとき、奴はぽん、と俺の肩に手を置いていた。

完全な空振り、手応えが全くなかった。

いつの間にか真横に移動していた奴は、こちらの耳元で囁く。

「神殺しがこの程度でなせるなら、とっくの昔に神の座は人間に引き渡されているともさ」

「くっ……！」

――全魔力を込めた一撃が外れた。何が起こった？　単なる素早い動きとは違う。まるで最初からそこにいたかのような……！

リ・エデンの刃から夜刀神（ヤトノカミ）の魔力が急速に失われていく。

それでも、このままやられるわけにはいかない。

――せめてもの意地を見せてやる。

「神竜帝国式・竜騎士戦闘術――竜翼輪舞（リュウヨクリンブ）！」

竜の翼を描く軌道での回し蹴りを、体を捻って至近距離から叩き込む。

余裕を見せるノルレルスは回避もせず、片手で渾身の一撃を受け止めた。

「戯（たわむ）れもこの程度にしようか。あの子も追わなきゃだし、そろそろ終わりに……」

線の細い外見にそぐわぬ化け物じみた膂力。

ノルレルスに受け止められた足がミシリと嫌な音を立てそうになる。

激痛に顔を顰めたものの、そこで奴の動きが止まった。

「……何？」

思わず喉奥から声が漏れた。

見ればノルレルスは口から一筋、赤い滴を垂れ流していたからだ。

ノルレルスは手で滴を拭って確認するが、数度、血混じりの咳をした。

「あの剣に、エーデルの加護には触れてはいない。何故だ……？」

瞠目するノルレルス。

訳の分からぬままノルレルスの胴を蹴って奴から距離を取れば、奴は再び吐血した。

それを見て、一つの確信を得た。

――魔滅の加護……そうか！　俺は夜刀神（ヤトノカミ）を放つ前、リ・エデンの魔力で肉体を強化していた。だから魔滅の加護が俺の肉体経由でノルレルスに伝わったんだ。

奴も同時にそれを悟ったのか、血を拭いながらリ・エデンを睨んだ。

「チッ……！　あれの魔力を間接的に受けるだけでもこのザマとは、今の僕では……。でもね。あの男の子孫、その剣を扱えるのは君のみのはず。君を殺せば全て解決する！」

「まさかミカヅチを知って……!?」

……問いかけ自体が、隙を晒す悪手だった。

そのように認識したときにはもう、ノルレルスは俺の懐（ふところ）に入り込んでいた。

先ほど夜刀神（ヤトノカミ）を躱された際と同じだ、あまりにも速すぎる。

一体これは……。

「神の片腕の代償が人間の命とは。なんとも締まらないけれど、じきに壊れる器（うつわ）だ。大盤振る舞いってことにしようじゃないか」

ノルレルスは俺の胸元に手を押し当て、放った。

「闇に瞬く星と成れ――アステロイド！」

ノルレルスの手が輝いたと思った瞬間、爆発的な衝撃が全身を駆け巡った。

何が、何が起こったのかが分からない。

天地が回っている、否、そもそも体はどうなっているのか。

意識が、感覚すらも遠くなっていく。

地に叩きつけられ、視界が暗くなっていく中、ノルレルスが俺の胸に当てていた左手を、自身の赫槍の穂先で切り落とすのが見えた。

――腕を……そ、うか。魔滅の、加護が……腕を伝って、体に届くのを、防ぐため……に……。

しかも落ちてゆく左手は赤黒く塗れている。

――あれは、俺の血……なのか？　だとしたら、もう……。

そこまでを考えるので精一杯だった。

五感が消えていく中、最期に。

『……イド！　レイド！』

ルーナが悲鳴にも似た声で、俺を呼んでいるのが聞こえた。

――ごめん、ルーナ。俺は……。

心地よく湯に浸かっているような、朧気な感覚。

この感覚に浸るのは……そうだ、あの夢以来だ。

カルミアが竜の国に現れる前に見た夢、それ以来。

誰かが俺の胸に手を押し当てているような気がする。

それにもう片方の手で目元に触れられているようで、じんわりとした温かみが染み込むように伝わってきた。

顔から手を離された際、ゆっくりと瞼を開けば、そこには。

「……よかった。目を覚ましましたか。魂が肉体から離れる前に助かって何よりです」

たおやかに微笑む女性が、横たわる俺の傍らに座り込んでいた。

こちらの胸に手を当て、そこから何かを、恐らくは魔力を流し込んでいるのだろう。

……そう理解したとき、女性の顔立ちがカルミアそっくりであると気付いた。

前の夢と違い、今回は鮮明に顔立ちを見ることができたのだ。

声もはっきりと聞こえてくる。

加えて、それらの情報から、やはりミカヅチの記憶で垣間見えたのはこの人だと理解した。

カルミアではなく、でもカルミアによく似た、この人だ。

「あの、あなたは……？」

問いかけてみるものの、女性は顔を伏せてしまった。

「ごめんなさい。その疑問に答える時間はもう残っていないのです。あなたの肉体をこうして、精神側から魔力を渡して修復するのに多くの力を使ってしまいました。じきに私たちはまた離れます。だからお願い……これを恩と思ってくれるのなら、今は私の願いを聞いてほしいのです」

穏やかな声ながらも必死な心が伝わってきて、俺はただ一度、頷いた。

「ありがとうございます。では、前の邂逅で伝えきれなかったことを。……レイド・ドライセン。どうかあの子をお願いします。時が来たら……」

女性がそこまで告げたところで、周囲が白く塗り潰されていく。

目覚めが近いのか、女性の力が弱まっているのか。

しかし目覚めの間際……今度こそあの人の願いが、訴えがこちらに届いた。

「……あの子を、天界まで連れてきてください。お願い……」

……音が、感覚が戻ってきたのを感じる。

体はまだ横たわっているのか、頬に土の感触があり、草木の匂いが鼻に届く。

何が起こったかなど……そんなのは今更だ。

そうとも、俺は先ほどノルレルスにやられたのだ。

感覚からしてきっと、肺や心臓を魔力で貫かれた。

間違いなく致命傷、それでも俺は生きている。

しかも残っていた痛みが遠ざかっていく感覚がある。

……治癒しつつあるのだ、致命傷が。

ただし、まだ声も出ないし目も開けない。

無理をして動くべきではないと、本能が語りかけてきている。

——あの女の人の力は、この世の理(ことわり)を、死の運命を捻じ曲げるほどのものだった。顔立ちからしてカルミアの家族、つまりは神族だ。

目を閉じたまま自身の肉体について把握し、頭の中で状況を整理する。

手にはリ・エデンの柄(つか)が握られたまま、継戦は可能だ。

それでもノルレルスが近くにいるはず、油断はできない状況にある。

にもかかわらず、不思議と心の中は穏やかだった。

ノルレルスと対峙した際に感じた死への予感、焦りや恐怖が失せている。

神による加護とは本来、こういうものを、揺るがぬ心を指すのではないか。

場違いながら、そんなふうに思ってしまった。

『……レイド！　レイドッ！』

俺を呼ぶ悲鳴に、駆けてくる軽い足音、間違いなくルーナだ。

人間の姿になって寄ってきているに違いない。

ルーナは駆け寄ってきて、俺の傍らに膝をついたようだ。

名前を呼びながら、俺の体を揺すっている。

『こんなに出血しては……』

嗚咽混じりの声からして泣いているのだろうか。

すぐに大丈夫だと言ってあげたいけれど、まだ体が動かない。

さらにルーナへと、語りかけてくる声がある。

魔神ノルレルスだ。

「己の力量を過信した愚か者の末路だ。神に挑むのがどういう行為か、どうやら人間は忘れてしまったらしい。……さて、美しい古竜よ。君はどうかな？」

ノルレルスの言葉に、ルーナの気配が、魔力の質が変わった。

……まだ目も開けられないが、見なくても分かる。

ルーナは今……俺が知らないほどに、怒っている。

『どうかな、ですって？　……どうもこうもないでしょう。愛しい相棒の命を奪った者が目の前にいるのです。ここで抗わねば、仇を討たねば、古竜として生を受けた意味がない！』

どこまでも強く、生を漲らせるルーナの言葉。

ノルレルスも乗り気なのか「エーデルの直系らしいね」と魔力を解放してゆく。

俺を殺しかけたあの技、アステロイドを放つ気か。

自惚れではないけれど、きっとルーナは今、俺を殺されたと考えていて冷静じゃない。

回復していく俺の傷も服で隠れているのか、見えていないのだろう。

けれどルーナに見えていないとなれば、ノルレルスにも見えていないということ。

即ち――

「じゃあ、君ともお別れだ。君は直系の癖にエーデルの加護を得ていないようだし、もう片方の腕は落とさずに済みそうだ」

――千載一遇の好機に他ならない。

「闇に瞬く星と……」

「……ノルレルスッ！」

肉体の治癒が完了した途端、目を開いて全身のバネを総動員して体を跳ね起こし、ノルレルスへと跳躍。

唖然とした表情を晒すノルレルス、神でさえ驚くのだなと心の片隅で感じる。

『レイド……！』

ルーナの涙声を背に、リ・エデンを握り締める。

奴はアステロイドの照準を俺へと変えつつ、詠唱も中途半端に放ってきた。

瞬く流星のような光球が計五発。

威力はそれなりだが軌道は読みやすい。

雑な発動で完全に軌道の逸れた三発は無視し、俺とルーナに当たる軌道を描く二発は、リ・エデンで斬り飛ばした。

——この技、ノルレルスの魔力から練り出された魔力によるもの。やはり魔滅の加護で無効化できる。

ノルレルスは残った片手で赫槍を掴み、構えようとする。

そう、アステロイドは手のひらから放つ技。

隻腕の奴では赫槍を地に突き立てながら発動する他なかったのだ。

ならば、奴が赫槍を構えきる前にケリをつけるまで。

「神竜帝国式・竜騎士戦剣術——竜爪速降(リュウソウソクコウ)！」

ミカヅチの記憶から読み取り、ヴァーゼルの動きを思い出し、鍛錬を重ねていた剣技の一つ。

竜が降下するかの如き高速の振り下ろし技を、ノルレルスが赫槍を構える前に叩き込んだ。

「がっ……!?」

奴の右肩から胸元にかけて入った一撃は、ノルレルスに膝をつかせるには十分だった。

傷口から鮮血が、霧のように吹き出している。

魔力を制御して傷を塞ぎにかかっているようだが、致命傷なのは誰の目にも明白だった。

……奴が人間であったなら、という話だが。

「くっ……はははっ。いやはや、お見事だね。正直油断したよ。腕を一本使って完全に葬ったと思ったら。不死者になって蘇った気配もないし……そうか、神竜の魔力以外にあの女の魔力も混じっているね。まさか神が人間を蘇生するとは、彼女はどこまで自分らで敷いた決まりを、神族の命運を、踏みにじれば気が済むのか……」

呆れ笑いといった声のノルレルス。

当初は痛みを堪えるといった表情だったものの、もう涼しげな表情に戻っている。

出血も止まり、ノルレルスを仕留めきれなかったと状況が物語っていた。

ヴァーゼルの動きさえ止めたリ・エデンの斬撃をまともに受けて、こうも平然としているとは。

これが神の底力なのか。

「まあいい。この場は僕が退こう。己の油断を潔く認めるのも強者というもの。あの子については……そうだな。こうしてみようか」

ノルレルスの瞳が赫々に輝く。

何をする気だと思った途端、空を覆っていた暗雲が、漆黒の霧のようになって落ちてきた。

すると霧に反応するようにして、リ・エデンが輝きを放ち、その光は円形に拡大してゆく。

光は竜の国一帯を包む状態となって拡大を止めた。

――リ・エデンの魔滅の加護が、薄く広がっていったのか……?

漆黒の霧は魔滅の加護による光の防壁で竜の国へ入り込めずにいるが、その近辺、つまりは暗雲の下には徐々に広まっていく。

「これは一体……!?」

「僕の力、その一端さ。あれは全てを魔の力で呑む霧。霧に侵された動植物は魔力で体を作り替えられ、僕の忠実なシモベ……つまりは魔族となる。当然、人間も例外ではないさ。といっても、やはりこの一帯はエーデルの力で守られてしまうか。効果範囲が広い分、僕に効かないほどに薄まったようだけど……はぁ。彼もどこまで僕を邪魔するのかね」

軽快に語るノルレルスとは対象的に、こちらはあの霧、正確にはその規模に圧倒されそうになっていた。

それに見渡す限りの全方位が漆黒の暗雲、黒い霧を生み出す元凶に覆われているのだ。

これでは地上の全てがあの霧に呑み込まれてしまうのではないか。

「おい、この霧はどこまで……！」

「そりゃ当然、この世の全てを呑むまでさ。とはいえ僕もね、同胞だった他の神々の被造物で埋め尽くされているこの世を、僕一色で染めるのは望まない。下界は僕らの思い出の数々でもある。故にレイド・ドライセン……君にチャンスを与えつつ期限を設けよう」

ノルレルスは赫槍を暗雲へと掲げた。

「この黒い霧は大陸を超え、十日ほどでこの世の全てを呑み込み、全動植物を魔族へと変貌させるだろう。それを止めたいのなら……世界が終わる前に、君らが逃がした神族の娘、あの子を僕に引き渡すがいい」

「カルミアを……？　どうしてあの子を狙う！」

「その問いには、あの子を引き渡してもらう際に答えてあげようかな。……準備ができたら武装を解除して、再度竜脈の儀とやらを行うといい。そうしたら僕は再度、あの子を迎えに来るから」

ノルレルスはそう言い残し、宙に浮かび上がった。

『逃げるのですか！　魔族の神ともあろう者が！』

古竜の姿に変じたルーナが唸り声を上げるが、ノルレルスは悪びれることもなく笑った。

「まあね。僕としては目的を達成できればいいし、魔滅の加護ってやつが思っていたより厄介だったから。安全に達成できるならそれに超したことはない、そうでしょ？」

楽しげに語るノルレルスを見て、まずい手合いだと直感的に思った。

武人だったヴァーゼルはまだ勝負にこだわっていたが、ノルレルスは違う。

目的のためなら手段を選ばないタイプで、だからこそ世界そのものを人質に取ってきたのだ。

不利を悟って己が逃げる件については、たとえ相手が人間の俺であっても、決して悔しくもないのだろう。

ここで逃がすのはまずいとルーナも思ったのか、彼女はブレスを放った。

けれど盾を持った黒騎士たちが現れ、ルーナの一撃を受け止めてしまう。

『くっ……！』

「無駄だよ、そんな攻撃。僕を倒したければ神竜エーデル・グリラスの生み出した聖なる力、魔滅の加護以外にはない。故に……ここで逃げれば僕の勝ちだ」

ノルレルスは遠ざかりながら、ひらひらと手を振ってきた。

「ばいばい、レイド・ドライセン。良い答えを聞かせておくれ。……このままだと世界が滅びる以上、事実上の一択だと思うけれどね」

ノルレルスも黒騎士の群れも、ゆっくりと暗雲へと戻っていく。

……最後に残ったのは、ただ天を見上げる俺たちのみだった。

魔神ノルレルスの放った漆黒の霧――便宜上、魔霧と呼ぶことになった――は次々に周辺の土地を呑み込み、拡大しつつあるらしい。

しかもノルレルスの言葉通り、動植物を魔族へと変貌させつつあるのだと、命がけで偵察に向かった古竜の一体が教えてくれた。

ただし魔霧というのは空気よりも重たい物質らしく、地表に溜まり、広がり続けている。

故に空中では溜まらず、あまり効果を発揮しないようで、偵察に出た古竜が無事に戻ってきたのもそういう理由であった。

また、それを鑑みて天から魔霧が降りつつあるとはいえ、空中を移動する分なら問題ないと判明した後。

ガラードたち若い古竜や、前に俺がテイムしたグリフォンたちにより、故郷へと戻った猫精族も竜の国へ運ばれてきて、一命を取り留めるに至る。

魔霧は猫精族の集落の付近にまで至っていたようで、ガラードたちが全力で飛んでいなければ今頃、故郷にいた猫精族たちは全滅していたそうだ。

さらに事情を乗せたルーナの咆哮を聞きつけた神竜帝国のフェイたち空竜も、どうにか竜の国へと避難してきた。

……神竜帝国の一部は既に魔霧に侵されていたと、フェイたちから聞いた。

ここまでの一連の流れが、魔神ノルレルス襲来から翌日の早朝までの出来事である。

竜の国の全員が不眠不休で働き、晩を過ごしたため、皆も疲労の色が濃い。

それでも覇気を発して皆を鼓舞し続けたのが、竜の国の統治者である竜王アルバーンだった。

彼は避難が一段落ついた後、朝日を背に、皆を呼び集めた。

『皆の者、まずはよくぞ生き延びてくれた。この有事に際し、種族を超え、多くの同胞を失わずに済んでいるのは何よりの僥倖である。……事情は全員が知っていると思うが、改めて共有する。今回の惨事を引き起こしたのは神族の一柱、魔神ノルレルス。奴は魔霧で世界中を覆い尽くし、滅ぼさんと画策している。正真正銘、世界が滅亡の危機に瀕しているわけだ。たった一柱の神がその気になっただけでな』

竜王は続ける。

今、竜の国は神竜皇剣リ・エデンから発せられる魔滅の加護により守られていると。

竜の国から一歩でも出れば、ノルレルスの配下である魔族と化してしまうと。

また、ノルレルスは魔族化と語ったものの、魔霧に触れた動植物は理性をなくしてしまうようで、それはどちらかといえば魔物化に近いと。

何から何まで最悪であるが……俺には分かる。

語り続ける竜王は状況を明かしつつも整理し、皆のパニックを防ぐために動いているように見えるが、知られれば真にパニックを引き起こしてしまう事象については伏せていると。

それは……神竜皇剣リ・エデンの魔力切れだ。

リ・エデンの魔力は無尽蔵ではない。

かつての魔王との戦い、ミカヅチが命を落とした大きな理由はリ・エデンの内蔵魔力切れだ。

そうなってはリ・エデンも魔滅の加護を維持できず、ミカヅチは魔王討伐を諦め、命と引き換えに魔王を封印する他なかった。

……竜の国を覆い尽くすほどに巨大な魔滅の加護による結界の維持で、リ・エデンの魔力はジリジリと減り続けている。

このままでは……間違いなく十日も保たない。

加えて竜王はカルミアの引き渡しについても伏せており、あの場にいた面々以外は口外厳禁との箝口令も敷いていた。

これもカルミアの身の安全を考えれば当然だ。

考えたくもないが、恐れから暴走した一部の面々が、勝手にカルミアをノルレルスに引き渡そうと動く恐れもあったからだ。

諸々の情報共有を済ませた後、竜王は『しかし！』と声を大にする。

『我らは最後の最後まで諦めぬ。古竜の誇りに懸けて、命を、世界を繋ぐことを、我らの勝利としてみせる！　猫精族には悪いが、どうか付き合ってほしい。ここで共に暮らした兄弟同然の仲の者として』

竜王の誠心誠意の頼みに、猫精族たちから反対する者は一人として出なかった。

一方で湧く者もいなかった。

ただその場にいた全員が、竜王の情と覚悟、竜の国を背負う気概を思い、頷くのみだった。

それから集会は解散となり、各々が散ってゆく。

俺は彼らを見届けてから、今後の方針を練るべく、予定通りにルーナたちと合流しようと考えていた。

場所は竜王の神殿だ。

……ただ、解散したはずの場の端、一人ぽつんと立ち尽くしている人物がいた。

かつての魔族の生き残り、アイルである。

彼女は珍しく、あまり浮かない表情をしていた。

「アイル、どうかしたのか？　そんな顔して」

「……レイドか。妾は……そうだな、少し困ってしまっていた」

「困るって、何がだ？」

こんなふうにアイルが弱腰で悩みを吐露するのも珍しい。

問いかければ「色々だ」とアイルは答えた。

「心の中の整理がな。……かつての妾なら、魔神様の降臨も、世界が魔霧に呑まれる件も、素直に喜べたであろう。遂に妾たち魔族の時代が来たと。だが、なんだろうな。世界が滅びるとか、魔族がうんぬんではないのだ、この思いは。……どうしたものか、あまり気分の良いものではないな。……保たぬのだろう？　この結界、魔滅の加護、長くは」

こちらの腰ベルトから下がる、鞘に収まったリ・エデンを眺めつつ、アイルは言葉を途切れさせるようにして話す。

俺は周囲に自分たち以外、誰もいないと確認してから、アイルの問いに答えた。

「……その通りだ。長くは保たない。ノルレルスの設けた十日の期限を待たずしてリ・エデンの魔力は切れる」

「そうか……そうであろうな。……レイドはその、妾を詰らぬのか？　我ら魔族を生み出し、我らが信仰してきた神が、この世を滅ぼそうとしていることについては」

「そんなことしないさ。アイルがやっているんじゃないだろう？」

「……だろうな、レイドらしいわ」

どこか感傷的な様子のアイルは、続ける。

「妾はこの地に来て、どうやらおかしくなったようだ。魔族以外の命はなんとも思わなかった妾が、猫精族らと暮らし、悪くないと思うなどと。……昨晩、妾はガラードと共に猫精族の里へ向かい、仕方なく奴らを救出した。妾は元々魔族故に、魔霧に侵されぬ。だから魔霧を無視し、際どかった猫精族たちを救出したものだが。……そうしたら奴ら、妾になんと言ったと思う？」

「……ありがとう、じゃないのか？」

まさかその場でアイルを責めたのではあるまい、と思い聞けば、アイルは「そうだ」と言う。

「奴らは妾に感謝さえしていた。……おかしな奴らだ、魔神様は妾たちの神であるのに。一人として貴様の神なら貴様がどうにかせよとも言わぬ。……レイドよ。もし貴様らがもっと小賢しく、感情的な魔族のような生き物であったなら、妾とて、こうも無駄な罪悪感を抱かなかったであろう。己の古巣のみならず、信仰してきた神をも裏切ろうとは考えなかったであろう……」

　アイルはそれからしばらく黙ってから、

「……なんてな。すまぬ、妾らしくないことを言った。だが、誰かに聞いてほしかったのだ。貴様らに与している時点で己の神を裏切っているに等しくはあったが、それでも」

「アイル……」

　彼女も変わったなと、こうして話していると思わざるを得なかった。

　敵だったけれど不思議と憎めない性格で、変な妄想癖持ちで、自由奔放な奴で……。

　今やこうして、一緒に竜の国で暮らす仲間となっていた。

　アイルは天を見上げ、手のひらで炎を燃やし、頭上へと放った。

　炎は天の暗雲を突き抜け、その向こうで弾けたのか、薄らと光った。

「これは決別だ。魔王様が滅びた際、魔滅の加護から逃れられた時点で、妾は純粋な魔族といった心ではなかったのだろうが。それでも、改めて……妾は己の神と決別する。そして最後まで、ここの者らを支えるとしよう。最低限、これまで行ってきた食っちゃ寝生活の分は働かねばなるまい」

「それ、一応は気にしていたのか……」

　少し意外だったと思いつつ聞けば、アイルは「ま、まぁな……」と曖昧に答えた。

「ついでにここで何も働かねば、あるいは魔神様の間者ではないかと疑われよう。それも妾の望むところではない」

ようやく出てきたアイルらしい言葉に、頬が緩む思いだった。

「ならアイル。こう言っちゃなんだけどさ。前に魔王やヴァーゼルを倒したときみたいに……もう一度、一緒に頑張ろう」

手を差しのばすと、アイルは首筋のテイムの紋章を撫でてから俺の手を取った。

「今の言葉も、ただ従えと言えば妾には十分であったのに。おかしな奴だ、貴様もここの連中も。本当の本当にな……」

そう語るアイルの表情にはもう、淀んだ気配は微塵もなかった。

竜王の住まう神殿へと集まった面々は、計八名となった。

古竜の王族として竜王とルーナ。

猫精族（びょうせいぞく）の代表陣は、故郷から再びここへと戻ってきた長老とその孫娘のメラリア。

さらに水精霊（すいせいれい）の姫君であるミルフィと、今回の事件の中心でもある神族のカルミア。

そして神竜皇剣リ・エデンの所持者である俺ことレイド。

最後に……。

『まさかアイルがこの場に来るとは思っていませんでしたが、あなたは分かっているのですか？　私たちはこれより、場合によってはあなたの神を……』

「分かっておるわ。委細承知しておるし、全て構わん。……いい加減、妾もこの国に住まう者として覚悟と所属を決めるときが来たということだ」

腕を組み、迷いなく語る魔族のアイル。

こうして各種族の代表である計八名による、今後の方針を定める会議が始まった。

『まずレイド。リ・エデンの内蔵魔力であるが……率直に聞く。いつまで保つ？』

「正確に答えるのは難しいですが、十日間はまず保ちません。何度もこの力を使った身ですから、それくらいは分かります」

『そうか……』

竜王は息を吐き出し、何か思案しているようだった。

けれど竜王が次に何か言うより先、前に出たのは誰あろうカルミアだった。

カルミアは自身の胸に手を当て、訴える。

「竜王様。……私が行けば、全部解決するのでしょう？　だったら私を魔神に差し出して。それで全て解決するなら、私は……！」

震えた声で話すカルミアに、竜王は『なりませぬ』と止めた。

『それでは魔神の思う壺。レイドからの話を聞く限り、カルミア様は魔神から逃れるために竜の国へ降りてきたのでしょう。ここまでの行いをする魔神にカルミア様を差し出したところで、より状況を悪化させる可能性すらあるかと』

「でも！　少なくとも魔霧は止まるわ！　私一人のために、関係ない人たちが大勢、理性のない魔族にされるなんてそんな……！　何よりロアナの故郷だって再建の途中なんでしょう？　せっかく皆、頑張っていたのに……！」

叫ぶカルミアの訴えは、彼女からしてみれば道理かもしれない。

でも……。

「魔霧が収まっても、それで終わらないとしたら？」

「……レイド、どういうこと？」

振り向いたカルミアへと、俺は努めて冷静な声で話した。

「もしカルミアを引き渡して、魔霧が止まっても。既に魔族化してしまった動植物が元に戻るかどうかは分からないってことだ。竜の国の周囲、魔滅の加護による結界の外は、既に理性のない魔物のような魔族だらけ。もし魔霧が収まっても新生した魔族がそのままなら、魔滅の加護が切れた瞬間、物量差で竜の国は……」

「そ、そんな……」

カルミアは口を手で押さえつつ、後退(あとずさ)ってよろけてしまう。

それをミルフィが後ろから支えた。

「でも、手はある」

俺はリ・エデンを鞘から引き抜き、掲げた。

リ・エデンの刃は魔滅の加護による陽光のような輝きで周囲を照らす。

「かつて魔王を倒したときのように、魔滅の加護は繋がりを辿って連鎖する。魔王を崇拝し、奴から力を得ていた魔族たちが消滅したように。魔神ノルレルスを魔滅の加護で滅ぼせば……」

『ノルレルスの力を受けて魔族化した動植物も消え、魔霧も止まる。前にリ・エデンの力を見た限りではそれも可能でしょうし、正直、私もそれがこの事態を止める唯一無二の方法だと考えていました。魔族化した動植物がもし元に戻らなくとも、この手段ならば。……お父様』

ルーナの言葉を受け、竜王は『分かっておる』と応じた。

『レイドとルーナの語った内容こそ、この状況を打開し得る、唯一無二の方法だろう。だが心せよ。我らが行く道は神殺し。決して容易な道のりではなく、何より、リ・エデンが竜の国から離れることとなる。策は講じたく思うものの、せっかく避難してきた猫精族たちには悪いが……』

竜王が目配せすれば、猫精族の長老は糸目を小さく開いた。

「何を申されますか。こうして避難させていただかなければ、儂らの種族はまた多大な被害を被っておりました。そもそも魔族の神とやらを滅さねば、この世に未来もないとのお話。であれば我が一族の行く末のためにも、竜王様方のお考えに異論はございません。……だな、メラリア？」

未来の猫精族の長である少女、メラリアも「はい」と答えた。

「メラリアも異論はありません。そしてレイド殿。魔神と戦うのであれば、こちらをお持ちください」

メラリアは白い布で包まれた細長い物を抱えており、それをこちらに手渡してきた。

布を解けば、現れたのは。

「神竜帝剣リ・シャングリラ……！」

神竜皇剣リ・エデンと対になるように生み出された聖剣。

かつて剣魔ヴァーゼルが持ち、魔族の力に浸食されていたものの、奴の手を離れた今は元の力を取り戻している。

「この剣は前に、レイド殿から管理を託された品。しかし此度の戦には必要となりましょう。……リ・エデンの時とは違い、今度は確かに持ち出しました」

「メラリア……ありがとう」

急な避難であまり余裕もなかっただろうに。

こちらを想って行動してくれたメラリアには感謝しかなかった。

「……聖剣が二本になったのはいい。でも魔滅の加護を発揮しているのはリ・エデンだけ。策を講じるといっても、竜の国の守りは具体的にどうするの？」

ミルフィの冷静な指摘に、一同は黙り込んだ。

そうだ、問題はそこなのだ。

仮に魔神をリ・エデンで倒せたとしても、その頃には竜の国は魔霧に呑まれて滅びているかもしれない。

『ワシとしては、この神殿を活用しようと考えていた。竜の国に住まう皆を収容した後、出入り口や通気口を岩で崩し固め、魔力で蓋をする。そしてレイドらが魔神を討伐するまで籠城するといった寸法だ。とはいえ酸欠の恐れもある、あまり賢い方法とは言えぬのは承知している』

竜王の提案は魔霧を防ぐという意味では十分機能するように感じた。

しかし新生した魔族の手で、塞いだ出入り口を破壊されたら一巻の終わりだ。

他に何か策はないかと悩んでいれば、手を挙げたのは……アイルだった。

「そこは妾に任せよ。あの魔霧は魔族の魔力に近い性質を持つ。魔力の性質が近いなら相殺もできよう。現に猫精族の集落に魔霧が迫った際、炎で焼くことができた。それに竜の国は南北を巨大な渓谷で挟まれておる。ならば東西の出入り口を炎の壁で塞いで地表から迫る魔霧を防ぎ、上から降る分は炎で生じる気流を操作するなどでどうにかしてみせよう。この方法なら野良魔族も炎で阻める」

『そのような芸当……ええ、あなたなら可能でしょう。かつて竜の国を焼きかけたあなたなら。ですがそんな無茶をすれば』

「うむ、ルーナの危惧するように、妾の命が保たぬ。精霊同様、魔族にとって魔力は命と密接に繋がっているもの。魔力がなくなれば妾も死ぬ。だからこそ……レイド、妾が死ぬ前に魔神様を討ってこい。丸一日程度なら保たせてやる。二日以上かかるなら、竜王の提案した手法に切り替え、皆の命運を懸ける他ないがな」

アイルは自分が潰れかける前提の話を淡々と行った。

これも彼女なりに覚悟ができた証拠と言えるだろうか。

――それでも下手をすれば本当にアイルが死ぬ作戦だ。もっと他に手は……。

悩もうとすれば、アイルはこちらを見て心のうちを悟ったのか「迷うな」と力強く言った。

「今は時間も惜しい。この程度で悩まず、なすべきことを確実になせ。妾とてかつて魔王軍にて、あのミカヅチと命がけで戦った身。その際に仲間の命を懸ける作戦を、そやつら自身から具申されたことなど山ほどある。仲間の覚悟を無駄にしないのも、上に立ち、先に進む者の務めであるぞ」

覚悟の乗ったアイルは普段からは考えられぬほどの覇気があった。

魔王軍の幹部だったアイルの格というものは、平時ではなく、こういった土壇場にあって初めて発揮されるものらしいとようやく実感する。

これは彼女に付き従う魔族の猛者(もさ)も、きっとかつては大勢いただろう。

……そのように、感心していたところ。

「……えっ、誰？」

アイルのあまりの豹変(ひょうへん)に唖然とするミルフィが、そのように漏らしていた。

他の面々も目を丸くするどころではなく、アイルを見て黙り込んでいた。

しかしアイルは茶化すことなく毅然(きぜん)として「この地を守る砦である」と口にした。

——これはアイルを見直さなきゃいけないかもな。

『反撃と防衛の方針が固まったな。ではレイドは精鋭を率いて天界へ向かい、魔神を撃滅。ワシと猫(びょう)精族(せいぞく)の長老は種族の長として、ここで皆を落ち着かせつつ、カルミア様を守りながら帰りを……』

「竜王様、待ってください」

話を遮った俺へと、竜王の視線が向く。

『……レイド？』

何を言い出すのかといった面持ちで、ルーナもこちらを向いた。

俺は意を決し、魔神ノルレルス撃退後から考えていた内容を口に出した。

「カルミアも一緒に、天界に連れて行きたいんです」

これには竜王も驚いたのか『なっ……！』と首を持ち上げた。

「レイド殿！　何を仰られます、それではカルミア様を差し出すようなものでは……！」

信じられぬといった面持ちのメラリア。

俺は「聞いてくれ」と続けた。

「信じられないかもしれないけれど、俺が一度魔神ノルレルスに倒されたとき。夢で女性の神族と会ったんだ。でもその夢はただの夢じゃなく、神族の女性は精神側から魔力を渡して俺の肉体を治癒してくれた。……でなきゃ、あの時、胸を貫かれた俺は死んでいた」

『なるほど。それであの時、レイドは無事に目覚めたのですね。ノルレルスも言っていました。神竜の魔力以外にあの女の魔力も混じっている……と。つまりはその女性の神族のことを指していたのですね』

ルーナの補足説明に、その場にいた全員がどこか納得しつつある様子を見せる。

所詮は夢の話と片付けられぬようにするため、客観的な説明は非常にありがたかった。

「夢の中で言われたんだ。時が来たらあの子を天界に連れてきてほしいと。あの人の言っていた『あの子』っていうのは間違いなくカルミアだ。……しかもあの方自身、顔立ちがカルミアによく似ていて、何故かミカヅチの記憶でも垣間見えた人だった」

俺の発言に、その場にいた全員が多かれ少なかれ衝撃を受けているのが分かった。

カルミアに似ている神族が、記憶のないカルミアを求めており、尚且つミカヅチも知っていた。

……ここにいる全員も自分同様、不思議な縁を感じているのではないだろうか。

「罠である可能性も捨てきれぬが……いいや。罠ならレイドの命をわざわざ救わぬか」

アイルの推察に「同感だ」と返す。

「それと彼女の言っていた、時が来たらって発言について。……それがいつかは分からない。世界が後十日で滅ぶ以上、その時を探っている暇もない。でもカルミアをもう一度、天界に連れてきてほしいと望んでいたのは確かだ。カルミアの記憶を、なんの神様でどうして魔神に狙われているかを知るためにも。カルミアも一緒に来てほしいんだ」

カルミアの方を向けば、彼女は「レイド……」と揺れる瞳でただ俺を見つめていた。

しかし数秒の後、カルミアは拳を握りしめ「行くわ」と告げた。

「そろそろ私だって、自分の正体を知りたい。どんな使命があるのか。何をなすべきなのか。……同じ神族として、魔神ノルレルスを止めたいもの。少しでも必ず力になるわ」

決意を固めたカルミアをこれ以上止めようとする者は、この場にいなかった。

それにカルミアを連れてノルレルスに挑むものの、勝算が皆無というわけでもない。

ノルレルスは何度か気になる言葉を発していた。

――あれの魔力を間接的に受けるだけでもこのザマとは、今の僕では……。

――神の片腕の代償が人間の命とは。なんとも締まらないけれど、じきに壊れる器だ。大盤振る舞いってことにしようじゃないか。

あれらは両者とも、自身の体に関する内容だ。

思えば世界全体を人質に取って十日の期限を設けたというのも些か不自然というか、神族とはいえ少女一人を手にするのにそこまでするのか、という違和感もある。

……察するに、ノルレルス自身は――あの強さでこう考えたくもないが――万全からはほど遠く、不調なのではないだろうか。

それ故に、あれほどの力を持ちつつ、腕の一本を犠牲にしてでも確実に俺を葬ろうとしていたのかもしれない。

ならば、まだ付け入る隙はあるはず。

現に魔滅の加護については、俺の肉体を通じてリ・エデンの魔力を間接的に受けただけでも吐血していた。

加えて、天界の事情はよく知らないが、この世の全てが神族の被造物であるなら、全てを己の力で呑もうとするノルレルスを他の神族が許すものだろうか。

奴の語ったように、この世界自体が神々の思い出の数々だとすれば。

人間的な感性での推察になるが、今頃天界ではノルレルスが他の神々に袋叩きにされていてもおかしくはないように思える。

それらを合算して考えれば……まだ勝機は残っていると感じるし、そう信じたい。

『カルミア様を連れて行くとすれば、この方をお守りする手勢も必要になる。となれば反撃の戦力は、竜の国の防衛に回す最低限の者以外、全てを投入するべきであろう。ここについてはワシから古竜の皆へ伝えるものとする。決行もリ・エデンの魔力残量も鑑み、迅速に行うべきと考え、正午としたい。

異論ある者がいれば遠慮なく述べよ』
竜王は一人一人の顔を眺め、異論がないことを確認した。
『なければワシの方で話を進める。……戦士たちよ。短くはあるが、しばし体を休めるがいい』
そのような竜王の言葉を最後にして、会議は幕引きとなった。

『……レイド、起きてください。そろそろ時間です』

柔らかな声が届いて、ゆっくりと目が覚めていく。

視界に入る天井の色は白。

ここは……そうだ、ルーナの部屋だ。

天界へ向かう前に体を休めようと、仮眠を取ったのだった。

竜の国に来たばかりの頃も、ここで短い仮眠を取ったのを思い出す。

傍らのルーナは既に起きていて、人間の姿で座り込んでいた。

ただ……何故だろう。

普段のルーナほど溌剌(はつらつ)としていないというか、どこか雰囲気に影がある気がした。

『レイド。調子はどうですか?』

そう問いかけてくる声には、やはり活力がない。

どこかが抜けてしまっているようだった。

「問題ないさ。ルーナの方こそ、どうだ？」

問いかけてみれば『私は当然、私は……』と、何か言いかけたものの、しかしそのまま閉口してしまう。

普段なら『飛べます』と言い切ってくれそうなのに。

もしや調子が悪いのではと心配していると、少し経ってから。

『……このまま、時が止まってしまえばいいのに』

「……ルーナ？」

彼女らしからぬ物言い。

本当にどうしてしまったのだろう。

ルーナは顔を伏せてしまった。

『ごめんなさい、レイド。このようなときに弱音を吐くべきでないと分かっています。ですが私は……私は、恐ろしいのです』

……彼女との付き合いはとても長いわけでもないが、決して短くもない。

俺はこれまで、こんなにも弱々しいルーナを見たことがなかった。

アイル同様、ルーナも何か思うところがあったのだろうか。

気丈な彼女を何がここまで追い詰めているのだろうと思っていると、

『あなたが魔神ノルレルスに貫かれたとき、テイムによる魔力の繋がりが途絶えかけたとき。私は……私が半分消えたような気持ちになりました。四年以上、常に感じていたあなたの魔力が消えるというのは、こうも魂が、半身が引き裂かれるようなものなのかと。そして私は……あなたがいないこの世など、魔神ごと滅びてしまえばいいとさえ思ってしまいました。……不安なのです。またあなたが魔神に殺されてしまうのではと。少し眠ろうと瞼を瞑れば、あの時の光景が蘇って……』

「ルーナ……ごめん」

口から出た謝罪は、なんとも短く、陳腐なものだった。

でもこれ以上何を言ってあげたらいいのか、俺には分からなかった。

分からなかったから……俺はただ、ルーナの細い体を抱きしめてやることしかできなかった。

――不覚だ。まさかこんなにも不安にさせてしまっていたとは……。様子からして、眠るどころじゃなかったのか。

古竜にとって魔力の繋がりは、人間以上に重要かつ敏感なものだ。

魔力が途絶えたのを感じたとなれば、俺の命の終わりを、己の出来事のように感じ取っていたに違いない。

視覚で他人の死を見るのとは違う、もっと根源的な部分が直接、脅かされたような気持ちになったのではないか。

……死の間際、ただ意識が薄れていった自分がまだマシに感じるほどに。

ルーナは腕の中で強く震えていた。

「……すまない」

……実を言えば今回の戦い、俺はルーナが死なないと思っているし、そう信じている。

俺が全力で彼女を守るという想いはあるが、それ以上に彼女は古竜なのだ。

人間を遥かに超越した生命力と膂力、それに寿命や魔力を持っている。

特にルーナは神族である神竜の直系の子孫であるためか、他の古竜よりも魔力的には数段強力なものを宿している。

たとえ神族であっても古竜を、ルーナを殺すのは困難を極めるだろう。

だが……俺はどこまで行っても人間なのだ。

しかも魔王軍の魔族たちや、あの魔王と真正面からぶつかっていた生前のミカヅチのような、化け物じみた肉体も魔力も持っていない。

そうとも。

俺はどこまで行っても多少鍛えた人間という範疇(はんちゅう)を出ないし、それがルーナの恐れにも繋がっているのだろう。

これればかりはどうしようもないし、ルーナの様子も仕方がないというもの。

だとしても……それでも。

「ルーナ。聞いてくれ」

『……はい、なんでしょう』

「俺は人間だ。……何をどう頑張っても、いつかは長寿の古竜であるルーナより、早く死ぬ。だから……」

か細い声のルーナにそう伝えれば、彼女の体が一瞬硬直するのが腕を通して伝わってきた。

直後、ルーナの体が再び震え出す。

しかしそれは恐れからの震えではないと、すぐに分かった。

『……あなたは、私の話を聞いて。どうしてそんなにも平然かつ冷静に、そう言えるのです！　まさかとは思いますが、あなたが今日魔神に敗れて死のうと、天寿を全うして死のうと。いつかは私より先に死ぬのだから諦めろとでも言いたいのですか！　あなたは……！』

気が動転しているのか、ルーナは顔を上げて俺の両肩を掴み、怒気を込めて声を荒らげた。

『そんな単純な話ではないでしょう！　私とあなたの関係は、積み上げてきたものは！　私は、あなたが死ぬときは私もとさえ思っていたのに。あなたは違うと言うのですか！　ただ一人先に逝っても、私が何も思わないとでも！』

今の言葉を聞いて、俺が倒れた時、魔神ノルレルスに挑もうとしたルーナを思い出す。

――どうもこうもないでしょう。愛しい相棒の命を奪った者が目の前にいるのです。ここで抗わねば、仇を討たねば、古竜として生を受けた意味がない！

……ルーナの言葉は、俺が死んだら自分もというのは、きっと真実だ。

今度俺が本当に殺されたら、彼女は再度ノルレルスに挑むのだろう。

その末、最悪の場合は殺されてしまうかもしれない。

……あくまで、もしも俺が死ねばといった話だが。

「違う、早とちりだよ」

『……へっ？』

再び固まったルーナを、俺はもう一度、強く抱きしめた。

……抱きしめた体から鼓動と熱が伝わってきて、それがルーナの命を思わせた。

「俺が今日死のうが寿命で死のうが……なんて思っちゃいない。それに俺たちの間柄はルーナの言う通りに単純じゃないし、相棒って肩書きはそんな軽いものじゃないと思っている」

『それなら、あなたは何を……？』

問いかけてきたルーナに、俺は「逆だ」と答え、彼女の瞳を真っ直ぐに見つめた。

ルーナの瞳は潤んでいて、目尻には涙が浮かんでいる。

そんな彼女に、俺は……俺の心を、思いを語る。

「……何をどう頑張っても、俺はルーナより早く死ぬ。だから今日死んでも構わないんじゃない。ルーナの一生からしたら、短い間しか傍にいられないからこそ……こんなところじゃ死ねないんだ。俺が話そうとしたのはそういう話だ。……ルーナ。俺は絶対に死ねないし、だから死なない。どうか信じてくれ」

『ですが、あなたは一度……』

「ああ、負けたさ。何事もなければ確実に死んでいた。だからいくら死なないなんて言ってもルーナに不安が残り続けるのは分かっている。それでも……それでも。約束するよ。必ず一緒に竜の国へ戻ってくるって」

『……。…………』

ルーナはただじっと黙って、俺の胸元に額を押し当て、腕の中で静かに呼吸を繰り返すだけだった。

けれどある時、俺の体を抱きしめ返してくれた。

『本当に……。ヴァーゼルに単身で向かって行ったときといい……いいえ。そもそも、出会った当初、本気で威嚇していた私に一人で向かってきた件といい。冷静に見えて捨て身で、向こう見ずなところのある人です。……でもだからこそ、私は今もこうして生きているのでしたね』

ルーナは体を離し、こちらを覗き込むようにして見つめてきた。

目の下には涙の跡が残っているものの、声にも表情にも、もう不安は残っていなかった。

『あなたを信じるのも相棒の務め。……そうでした。レイドが私の力を疑わないように。私もあなたの力を疑ってはいけなかった。か弱い人間の命と、侮ってはいけなかったのでしたね』

それからルーナは立ち上がり、俺に手を差し伸べた。

『行きましょうか、そろそろ正午です。……見せてやりましょう、魔神ノルレルスに。私の信じるあなたの力を。あなたの信じる私の力を。そして切り拓きましょう。私たちの未来を』

「そうだ。俺たちは生きるために奴を倒しに行く。死にに行くんじゃない。……頼むぞ、相棒」

ルーナの手を取って立ち上がれば、ルーナは『当然』と答えてくれた。

『あなたを導く翼になりますとも。本当の意味で、どこまでも』

第三章 ◆ 天界

反撃開始の決行時刻である正午。

魔神の住まう天界へ乗り込む面々は、竜の国の中央へと集結していた。

集まった古竜の数は、ざっと数えただけでも二百以上。

さらに空竜であるフェイたちも加えれば三百を超えるかといった規模だ。

また、古竜の背には槍などで武装した猫精族の若人も数名おり、猫精族の呪い師から勇気と武運を授かる戦化粧と祈祷を受けていた。

彼らを見守りつつ、古竜と共に並び立つフェイたちへと近寄る。

「フェイ、悪いな。ヴァーゼルを倒したときに続いて、こんなことにまで付き合わせてしまって」

するとフェイは『何を言うかと思えば』と陽気に笑った。

『寧ろレイドやルーナ様には感謝しているよ。我ら空竜にとっては聖地である竜の国へと招いてくれて。それに嬉しいのだ。こうやって最後までレイドの力になれることが。神竜帝国に住む我々空竜に最後の思い残しがあるとすれば、レイドだったのだから』

「最後だなんてそんな、縁起でもないこと言うなよ」

すると空竜たちは各々、語り出す。

『僕らがいなくても元気でやっているかなとか。あまり忙しく働いていないかなとかさ』

『レイドは仕事好きだからね～』

『こうやって元気な顔を見られるだけでも満足ってものだよ』

そしてフェイは鼻先を近付けてくる。

老いた竜特有の優しい眼差しと、年季を感じさせるひび割れた鱗が視界に広がる。

『前にも言ったが、私は既に老兵だ。この命を、まだ若き家族のために使えると思えば。これ以上の終わり方はない。それにレイドはまだ生きねばならない。生きて、成すべきことを、未来を。どうか自由に描いてほしい。それが、レイドの家族として私が抱く最後の願いだ』

「フェイ……」

きっと神竜帝国から飛んで来たときから、全て覚悟した上で来てくれたのだろう。

空竜は竜種故にその強さは凄まじいが、それはあくまで他の魔物と比べた際の話。

古竜と比べれば生命力も魔力も劣り、それ故にこの戦いは、フェイたちにとって厳しいものとなるだろう。

……当然、賢い彼らはそれら全てを承知の上でここに集ってくれたのだ。

アイルの言葉ではないが、彼らの覚悟を無駄にするわけにはいかない。

「……ありがとう。でも無理はしないでくれ」

『それはな。本音を語ると、レイドの子を見るまでは死にたくない』

冗談交じりに笑うフェイ。

周囲の空竜たちもくすりと笑った。

そうして、反撃前最後の穏やかな時間を過ごしたところで、俺はルーナの姿を探す。

どこにいるのかと周囲を見回すと『レイド』と軽やかな声が聞こえた。

そちらを向けば、古竜たちを掻き分け、古竜の姿のルーナが姿を見せる。

しかし普段の彼女とは違い、今のルーナは全身を武装していた。

鱗と同じ色合いの、銀の装甲を身に纏い、背には鞍(くら)を背負っている。

「ルーナ、どうしたんだそれ」

『竜の国に伝わる秘宝の一つです。かつてミカヅチが神竜に武装させたものと伝わっています。如何なるときも持ち出してはならぬと伝えられている品なのですが、今回ばかりはとお父様が持ち出しを認めてくださいまして。しかもこの鎧、リ・エデンと同じく真神鉄(ミスリル)で造られているようで、強度は折り紙付きです。さらに竜の体格に合わせて大きさが変化する力まで備わっているようでした。……似合っているでしょうか？』

「ああ。とっても凛々しく見える。かっこいいよ」

『それは……よかったです』

ルーナは褒められてまんざらでもないようで、古竜の姿ながら少し照れているのが伝わってきた。

「しかしルーナが鎧を着ているのに、俺がその辺の服っていうのも少し締まらないな」

ノルレルスに胸部を貫かれた服は正面どころか背面まで大穴が開いていたので、現在は予備の服を着ている。

普段の衣服は竜の鱗でも切れない程度には頑丈だったが、現状のものだとそうもいかない。

剣以外の装備が貧弱だなと危惧していると、ちょんちょんと俺を後ろから突つく指を感じた。

「……レイド。あなたのはこっち」

後ろを見ればミルフィがいて、さらに猫精族(びょうせいぞく)たちが複数の木箱を抱えている。

その中の一人はロアナだった。

「レイドお兄ちゃん！　持ってきたよ！」

「ロアナ。持ってきたって……何をだ？」

ロアナはストンと俺の前に木箱を下ろした。

木箱の大きさに反し、音からして中身は意外と軽いのか。

そのまま蓋を開けたロアナは、中からいぶし銀に輝く手甲を取り出し、掲げた。

「これ、レイドお兄ちゃんの！」

その手甲を見て、俺は思わず「これは……！」と声を上げた。

するとメラリアが補足説明をしてくれた。

「これは我が里に伝わる鎧です。守護剣……リ・エデンほどの逸話は伝わっていませんが、かつて高名な武人が装備していたとのこと。これも役に立つかと思い、里を脱出する際に持ち出してきたのですが……。もしかすれば、かのミカヅチ殿が所有していた品ではないかと」

「うん、正解だよ。ミカヅチの記憶でも見たことがある」

姿見の前、嫌な顔をしつつ「非常に軽い素材ではあるが、神竜帝国風の鎧とは。普段の着物の方が動きやすい」と愚痴るミカヅチ。

そんな彼を「良いじゃない。似合っているわよ」とおだてる猫精族（びょうせいぞく）と思（おぼ）しき少女。

……前にアイルが言っていたミカヅチの仲間だった猫耳の少女とは、きっと彼女だ。

メラリアのご先祖様なのか、少女は顔立ちも髪色もよく似ていた。

そしてロアナから手甲を受け取ると、確かに金属製とは思えないほど軽かった。

「ミカヅチの使っていた装備一式。……ありがとう、お借りします」

俺はその場で猫精族（びょうせいぞく）たちの手も借り、手早く鎧を身につけていく。

すると鎧は不思議なほどに体に馴染んだ。

ミカヅチは嫌そうな顔をしていたが、それは彼の戦い方が圧倒的な速度と膂力で敵を叩き斬るといったものだったからだろう。

俺としては鎧があった方が気休めでも安心感があった。

それから古竜の姿となったルーナの背に乗れば、周囲から歓声にも似た声が響き渡る。

古竜も猫精族（びょうせいぞく）も口々に『正に皇竜騎士（インペリアルドラグーン）』「伝説の一幕を見ているかのようだ」と話している。

『レイド、せっかくなので神竜皇剣リ・エデンを。皆の士気も高まります』

「分かった」

俺は左の腰、ベルトに鞘ごと差してあるリ・エデン――右の方にはリ・シャングリラを差している――を抜き、暗天へと掲げた。

途端、剣もこちらに応えてくれたのか、天へと一筋の光柱を伸ばしてゆく。

それを見た周囲の皆はさらに声を大きくし、歓声が爆ぜたかのようだった。

同時、竜王が前に出て、語りかける。

『正しく伝説。この光景も、これからなす神殺しも、それによる世界の守護も。必ずや後世に語り継がれ、魔王討伐に並び立つ、あるいは上回る偉業として知られよう！　皆の者、心してかかれ。その末、悪神の魂胆を見事打ち砕き、必ずや帰還せよ！』

「『オオオオオオオオオオオオオオオッ！』」

事実上の総大将である竜王の鼓舞に竜の国が沸いた。

普段無表情のミルフィでさえ、引き締まった表情で拳を天に掲げていた。

『ではアイルよ！　手筈通りに頼むぞ！』

「任されよ！　爆炎の帳をここにっ！」

竜王の合図を受け、アイルが爆炎を壁のように生じさせ、竜の国の東西を塞ぐ。

次いで竜の国の上へと屋根のように爆炎の帳をかけ、俺たちの頭上にのみ大穴を生み出した。

「さあ、行けっ！」

アイルのかけ声に、まず古竜や空竜たちが一斉に舞い上がり、炎の大穴を抜けて天へと向かう。

まず彼らを先に行かせ、魔滅の加護による結界を生み出すリ・エデンを持つ俺が、ルーナと共に最後に出撃。

直後に爆炎で大穴を塞ぎ、魔霧を竜の国に入れないようにするといった寸法である。

「ルーナ、俺たちも！」

『行きましょう！』

古竜の最後尾、ルーナが飛び立てば、竜の国に残る古竜や猫精族から声が上がる。

彼らは種族に関係なく、子連れであったり、まだ幼い者たちだった。

また、老いた者たちは未来を繋ぐためと、フェイ同様にそのほとんどが戦闘に参加するため既に飛び立った後だった。

「レイド殿！　お願いします！」

「姫様！　頑張れー！」

『後はあなた方に全て託す！』

『いっけー！』

大人たちの希望、子供たちの願いを背負い、俺たちは竜の国を旅立った。

決して負けられない戦いの始まり、それでも恐れはない。

何故ならすぐ傍には、唯一無二の心を通わせた相棒がいるから。

必ず共に生きて帰ると、決めたのだから。

魔神の帰還した天界の位置は、ルーナを含め多くの古竜が魔力で感知していた。
というのも、これまで天界は古竜でさえ感じられぬほどの高度にあるとされていた。
しかし魔神ノルレルスが現れる直前、多くの古竜が尋常ならざる気配を暗雲の向こうに感じ、今も同様であると言う。

そこから察するに、魔神ノルレルスは天界そのものを下界に近寄せ、そこから攻めてきたのだと考えられる。

わざわざ天界を地表に近付けた理由も、恐らくは奴自身の不調。

天界と地表との移動距離を減らすためではないだろうか。

さらに竜脈の儀を通してのカルミアの引き渡しにも備え、天界そのものを再度、元の高度に戻せなかったのもあるだろう。

ともかく攻め入る先が明確になっているというのは、こちらとしてはありがたかった。

古竜たちの先頭は既に暗雲へと突入していた。

稲光の走る漆黒へと迷いなく突き進んでゆく。

ルーナもそれに続いて暗雲へと入り込む。

魔霧を生み出している根源への突入は危険にも思われたが、そこはリ・エデンから発される魔滅の加護で凌ぎきる構えだ。

古竜の列全体がリ・エデンの魔力で守られている。

そうして飛翔し、暗雲を突き抜けた先に天界なる場所――伝承では空に浮かぶ巨大な島であるという――が見えてくると思われたが……。

陽の光を遮る雲の層が厚く、冷気が漂うようで、気温の低下が著しい。

いつまでも蒼穹が見えてこない焦燥感だけが募る。

どこまでこの暗雲が続くのかという、嫌な閉塞感を感じながらの強行軍だ。

五感の鋭い古竜たちの方向感覚のみが頼りである。

頼む、まずは無事に着いてくれと願った直後、稲光が正面に走った。

視界が一瞬確保された際、稲光の先に島が、浮遊する大地が見えた。

雲に隠れ、見えたのは一端のみであったけれど、間違いない。

「あれが天界なのか……？」

加えて稲光による閃光で分かったことがもう一点。

この暗雲は、俺たちの真上と真下に水平に続いている。

雲にも層があり、地表から見えていた層、即ち魔霧を生み出していた下層については既に突破したようだった。

そして天界は上下を雲に挟まれるようにして浮かび、俺たちが飛んでいるこの空間は中間層といえるだろうか。

中間層はあまり雲が濃くなく、光さえあれば比較的視界は確保できそうである。

しかし真上を流れる雲の上層は分厚そうであり、あれが陽の光を阻み、地表やこの空間を暗黒に包んでいるようだ。

——上下を雲で覆われている以上、その中からいつノルレルスの配下、黒騎士たちが奇襲してきてもおかしくない。

「ルーナ、咆哮で皆に注意するように伝えてくれ」

『分かりました』

ルーナが鋭く咆哮を飛ばせば、古竜たちは密集し、互いの死角を補うよう飛翔する陣形となる。

……それは敵も見逃せなかったのか、直後に上下の暗雲が弾けた。

翼の生えた人型の影、恐らくは黒騎士たちが飛び出してくる。

数にして、目算ではこちらの竜の二倍から三倍はいる。

「稲光がないと視界が悪い……！」

『問題ありません。古竜の空間認識能力であれば捕捉できます。何より……！』

闇の中、正面に光が咲いた。

稲妻かと思いきや、それは古竜たちの放つブレスだった。

『私たちのブレスは闇を裂きます。攻撃しつつ、視界の確保も可能です』

確かにブレスの閃光で闇が光に染まった途端、古竜たちは一斉に黒騎士に襲いかかっていた。

とはいえブレスも長々と持続して出せるわけではない。

黒騎士たちも古竜に撃破されつつあるが、逆に奴らの武具が古竜の鱗に突き立っている様子も散見された。

——奴らの剣、魔力が通って高硬度になった古竜の鱗を簡単に貫通するのか……！

「だめだ、敵の数が多すぎる。どんどん増えている！」

『くっ……！』

怒濤（どとう）の波のように押し寄せる黒騎士たちに、ルーナも焦りを見せている。

このままでは数の差で最後方の俺たちまで包囲される。

その前に突破しなければと考えていると、

『姫様！　レイド殿を連れ、先に向かってください！　露払いは我らが！』

先頭から一体の古竜がやってきて、ルーナの隣で滞空する。

既に息は切れ、翼の一部は破られ、鱗は砕けていた。

最前列の激戦を姿で伝えてくる古竜を見つめ、ルーナは言った。

『分かりました。こちらも早めに済ませます、危なくなったら竜の国へ戻るよう皆へ伝えなさい』

『承知いたしました。姫様もご武運を』

言いつつ、古竜は戦闘へと戻りつつ、数度咆哮を張り上げた。

途端、古竜たちの連携により、左右へと黒騎士たちを押し退けていく。

天界へと向かう道が古竜たちにより現れ、ルーナはその中を迷いなく突き進む。

「……ルーナ、彼らは」

『分かっています。ああ言いつつもきっと、力尽きるまで戦うでしょう。皆、誇りある古竜として、最後まで退かない。ですから……一刻も早く、私たちが終わらせるのです、全てを』

同胞の覚悟を無駄にしないためにもと、ルーナの翼はより加速した。

されど黒騎士も天界へは通すまいと必死なのか、数騎が古竜の包囲網を抜けてルーナに迫る。

俺もリ・エデンを引き抜き応戦しようとすれば、奴らはルーナの斜め上方から放たれたブレスで焼かれ、撃墜されていった。

『よぉ、姫様にレイド！　まだ無事でよかったぜ！』

背にミルフィやカルミアを乗せたガラードはこちらまで飛んできて、続ける。

『ガラード……！』

『カルミアも連れて行く必要があるんだろ？　なら護衛も兼ねて俺も行くぜ！　それに敵の本陣に斬り込むなら補給物資も必要だろうしな……おう！　来てくれ！』

ガラードが声をかけたのは、彼を慕う若い古竜の一体だ。

彼は縄で括られた木箱を背負っている。

ガラードの言う補給物資とはあれのことだ。

今回の戦いは総力戦になるため、竜の国に保管されている治癒水薬も大半を持ち出している。

それらは古竜たちに分散して運搬してもらっているのだ。

『俺らと一緒に天界まで来い！　背中の荷物、絶対に落とすなよ！』

『ガラードの兄貴……分かった！　天界まで必ず届けますぜ！』

かくしてルーナとガラードに続き、補給物資を背負った若い古竜も引き連れ、一気に天界へ向かう運びとなった。

乱戦の中、数度黒騎士の刃がこちらに届きそうになったものの、その度に古竜たちが身を挺して庇ってくれた。

全ては竜の国の、世界の未来のために。

……だが最後の最後、天界へ到達する寸前。

黒騎士たちが壁のようになって、立ち塞がるように待ち構えていた。

「まずい、後方で黒騎士たちを抑えてくれている皆と距離が離れている……！」

下手をすれば後方からも回り込まれてしまう。

かと言って前方の黒騎士、目算で百騎前後を古竜三体で強行突破するのは無謀だ。

だがここで立ち止まるのは最大の下策、後方で支えてくれている古竜の体力にも限界がある。

『くっ、こうなったらブレスで……！』

『この数全部は魔力が尽きそうだが、レイドとカルミアを送り届けるまでは終われねーなぁ！』

ルーナとガラードがブレスを放とうと構え、俺もリ・エデンの柄を握る。

そうしてこちらが攻撃を仕掛けるより先……暗雲を突き破るように急降下してきた竜たちにより、黒騎士たちの列が一気に乱れた。

古竜とは違う、前脚が翼のシルエット。

闇の中でも見間違えはしない、この姿は……。

『加勢しに来たぞ、レイド！』

「フェイ、皆……！　どうしてここに！」

『レイドの魔力が先へ進むのを感じたから、皆で追いつつ加勢しようってね！』

『敵に囲まれないよう、雲の中を飛んできた！』

『長く一緒だったんだ、乱戦の中でもレイドを見失うヘマはしない！』

『行くんだレイド！　ここは我らに任せろ！』

空竜が黒騎士たちの陣形を乱し、奴らの壁に大穴を穿つ。

さらにブレスを次々に放って、黒騎士たちを追い回す。

『さあ、もたつかずに早く！　後ろからも古竜を突破した奴らの増援が来ている！』

『……っ！　すみません、フェイ。あなたの家族、レイドは必ずや私が……！』

『何卒頼みます、姫様』

この乱戦に似つかわしくない、穏やかな声と眼差し。

フェイは満足げに俺を見て、最後に『本当に大きくなったものだ』と言い残し、黒騎士へと向かっていった。

その隙にルーナたちは天界の上空へと突入し、それを追うようにしてガラードや物資を運ぶ古竜が続いた。

「突破できたのは古竜三体だけか……」

『後で他の奴らも続いてくるさ。心配すんなって』

言いつつも、ガラードの声は普段よりも硬い。

それに戦闘から離れ、少し落ち着いてガラードを見てみれば、薄暗いながら各所に傷を負っているのが分かった。

背のカルミアとミルフィを守りつつここまで来るのは、戦い慣れたガラードとて容易ではなかったのだろう。

『一旦降下しましょう。息を整えて魔神の居場所を……』

『姫様、危ない！』

付いてきた古竜がルーナの前に飛来し、同時に何かを受け止める。

彼の体に隠れて受け止めたものが見えなかったが、ルーナが少し移動すれば、その正体が分かった。

「黒騎士……いいや、違うのか？」

これまで見た黒騎士は皆、漆黒の翼に黒い鎧という同一の姿だった。

しかし古竜が受け止めた敵は、鎧も翼も純白であり、手にした長剣のみが漆黒だ。

新手の敵から感じる魔力はカルミアやノルレルスに似て、より神族に近いものだった。

現れた新手に、若い古竜は『ガラードの兄貴！』と叫び、爪で木箱を括っている荒縄を切り落とした。

『俺はここでこいつを足止めします！　兄貴は姫様とレイドさんを連れて先へ！』

『……前の大樹海の時といい、悪いな。後で追ってこい！』

ガラードは落下しつつある木箱を前脚で掴み取る。

……ガラードの発言にもあったが、新手を足止めしているのは、ウォーレンス大樹海でも魔族を足止めしてくれた若手の古竜の一体だ。

あの時も全力で尽くしてくれたが、しかし今回の相手は魔族どころではない。

「……ガラード！」

『言うな、レイド。……俺も、あいつ自身も分かっている。奴が神族に匹敵する野郎であり、恐らく黒騎士を率いている将だってのは。だが……だからこそ。無駄にしねぇさ、絶対にな』

ガラードは言いつつ、既に天界の中央へと向かっていた。

ルーナもそれに続いて飛んでいく。

視界の端では、ブレスを放ちつつ、もつれ合うようにして黒騎士の将と共に落下していく古竜の姿があった。

……そうだった、皆、もう覚悟を決めてここに来ているのだ。

ならば俺も、その覚悟に水を差すような真似をするわけにはいかない。

「魔神ノルレルス……俺たちが、必ず奴を」

『倒しましょう。生きるために』

ルーナはそう言い、羽ばたく力を一層強めた。

天界の中心へと降下したルーナとガラード。

その背から俺やカルミア、ミルフィはするりと降りた。

『ここが天界ですか。どのような場所かと思っていましたが……』

ルーナは古竜の姿のまま、顔を顰めた。

暗雲に包まれているため、地表と同様、天界には光がなく薄暗い。

しかも周囲の建造物は各所が崩れて瓦礫と化しており、焼け落ちたのか黒く煤(すす)けてすらいた。

これが伝説に語られる神々の住まう聖なる領域、天界であるとはとても思えなかった。

周囲には神族の姿もない、一体天界で何があったのだろうか。

「ここが私の故郷、そんな……」

記憶はないながら、天界の有様にカルミアも心を痛めていた。

『カルミア……まあ、天界がこんなんじゃ仕方がねーよな』

ガラードは周囲を見回しながら、前脚に抱えていた木箱を下ろす。

ドスン！　と音が立ったが、同時に「うにゃっ!?」と小さな声が聞こえてきた。

「……この声、まさか！」

もしやと思い手早く木箱を開き、中を確認する。

すると、そこには。

「にゃあ……見つかっちゃった」

「ロアナ……!?」

治癒水薬（ポーション）入りの瓶が並び、重ねられた小箱の端、ロアナが丸まっていた。

ロアナの両脇へ手を入れて持ち上げれば、軽い体が木箱から出てくる。

見送りの際も姿が見えないと思ったら、こんなところに潜んでいたとは。

運よくガラードの弟分が運ぶ木箱に入っていて、先ほども落下する木箱をガラードが上手く受け止めていたからよかったが……。

「危ないじゃないか、どうして付いて来ちゃったんだ……！」

言葉を強めれば、ロアナは体を竦ませ、耳を縮こまらせた。

「だ、だって……！　あたしだってレイドお兄ちゃんにテイムされて力は強くなっているもん！　それにミルフィやカルミアだって行くって聞いたら、あたしだってじっとしていられない……！　皆を守りたいもん！」

目尻に涙を浮かべながら、ロアナは半ば叫ぶようにして言った。

ロアナが故郷を取り戻すべく鍛錬を重ね、今や彼女の力は前の比ではないことも知っている。

けれど正直、ロアナには竜の国で待っていてほしかった。

仮にも俺を兄と呼ぶ妹分に、危険な目に遭ってほしくはなかった。

――戦力的に必要不可欠だったミルフィには来てもらう他なかったけれど、ロアナまで……。

しかしここまで来てしまえばもう引き返すのは不可能だ。

それにロアナもロアナなりに覚悟を決めてこの場に立っているのなら……。

「……全く、分かったよ。でも極力前には出ないでくれ。基本、ノルレルスに有効打を与えられるのは俺だけだから」

ロアナにそれだけは守ってくれというつもりで話せば「わ、分かった……」といった返事が戻ってきた。

しょげたロアナに、カルミアが近寄る。

「ごめんなさい、ロアナ。こうなったのは私のせいでもあるのに、気負わせちゃって……」

「ううん、カルミア様のせいじゃないよ。あたしはあたしが来たいから、付いて来ただけ。それにミルフィが行くのに私が行かなきゃ……ね？」

するとミルフィは小さく首肯（しゅこう）した。

「……それはそう。レイドが怒る気持ちはよく分かるけれど、来てくれて嬉しい気持ちもある。……頼りにしている」

「うん、任せて！」

暗雲を消し飛ばすような明るさを見せるロアナ。

こんな時でも溌剌としているのは、ロアナの生来の性格であるのだろう。

どんな状況でも暗くならない、ムードメイカーとしての才もあるのかもしれない。

……そのように思っていると、ふと冷たい風が吹き抜けていくのを感じた。

けれど風は吹き抜けるだけでなく、俺たちの周囲で竜巻のようになり、黒い靄を纏って漆黒の風の壁となっていく。

『レイド、これは……！』

「おでましだな」

リ・エデンを腰の鞘から引き抜き、構える。

すると正面、風の壁に穴が穿たれ、そこから悠然と人影が歩んでくる。

闇夜に包まれているに等しい天界、浮かび上がるは赫々に輝く双眸。

血色の装飾の施された外套に身を包み、隻腕に赫槍を携えて進むのは、魔を統べる神。

魔神ノルレルルスだ。

「やあ、レイド・ドライセン。まさか君の方からカルミアを連れて来てくれるなんて。下界へ降りる手間が省けて嬉しいよ」

「お前に渡すために連れてきたんじゃない。彼女の出生を知り、失った記憶を取り戻すために。彼女の身内のためにも連れてきたんだ」

「へぇ、身内ねぇ。……愚かなことだよ、全く。彼女も君らも。そもそも失った記憶って、君らはそう考えているんだ。カルミアが何も知らないからってさ」

ノルレルスは何かを含んだような、こちらを小馬鹿にしたような笑みとなった。

「僕もカルミアに会ってから、そういえば彼女はそういう状態か、って気付いたから他人のことは言えないけどさ。それでも……くくっ、面白いね。器如きにありもしない記憶を求めるなんて」

「……なんだって？」

「まあいい。お喋りもここまでにしよう」

ノルレルスは赫槍を構え、瞳を鋭くする。

奴の気配が軽快なものから、一気に死の気配に満ちていくのを魂で感じた。

大気が引き締まったかのような感覚、体の隅々、血の一滴までもが臨戦態勢に入ってゆく。

「君の問い、何故僕がカルミアを必要としているのかについては、引き渡しの際に答える約束だったけれども。君にその気がないのなら、こちらも約束を履行する義理はない。……時間も惜しいし、何も知らないまま死んでおくれよ。悪いけどさ」

ノルレルスの瞳の輝きが増していき、同時に奴自身の魔力も膨れ上がっていく。

……リ・エデンで対抗できると知っていなければ、勝機などないと諦めそうになるほどの力。

これが神族、生命を生み出す域の権能を持つ存在。

「エーデルの加護だって関係ない。この場で消えろ、レイド・ドライセン」

ノルレルスの神速の踏み込み。

同時にルーナとガラードがブレスを口腔から放とうとする。

——二人が牽制をしている隙に、俺も奴に向かって斬り込む。

奴の攻撃より先にリ・エデンを叩き込み、奴の動きを止める他ない。

そんな算段をつけていると——

「そこまでです」

——ノルレルスと俺たちの間、突如として閃光が生じ、周囲を呑み込んでいった。

「……？」

目を開けると、俺たちは真っ白な空間に立っていた。

白く、どこまでも続く、平坦で……不思議と心落ち着く空間。

——この場所、見覚えがある。

そうだ、夢でここに来て、カルミアによく似たあの人と会った……。

「来てくれたのですね、レイド・ドライセン」

声がした方を向けば、そこにはカルミアによく似た女性が佇んでいた。

薄く、天に浮かぶ白い雲のような、絹のような衣服を纏った美しい女性。

髪色はカルミアのように輝く黄金であり、文字通りに神々しさを感じた。

よく見れば輪郭も黄金を帯び、それは体外へ流れ出ている尋常ならざる魔力だと気付く。

彼女は次に、カルミアへと視線を向けた。

「そしてようやく会えましたね。カルミア……私の娘」

「お母さん？　私の……？」

女性が両手を広げると、カルミアは駆けていき、飛び込むようにして抱きしめた。

「お母さん……！」

「ごめんなさい、あなたには辛い思いをさせましたね。この母をどうか、許してください」

抱き合う親子、しかしルーナは少しだけ目を丸くしていた。

『カルミア……それはレイドが付けた名のはず。神族の力で、子の名前すら見通していたと？』

そんなルーナに、俺は補足するようにして話す。

「いいや。カルミアの名前は、きっと前もってあの方が名付けていたんだ。俺はその名を、ミカヅチの記憶から読み取ったに過ぎないよ。……そうですよね？」

「ええ。レイド、この子に名を伝えてくれてありがとう」

カルミアの母親は彼女を離し、こちらを向く。

「……ずっとカルミアとこうしていたかった。でも時間がありません。レイド、それにルーナや皆さん。私はあなた方に、多くを伝えねばなりません」

カルミアの母親は自身の胸に手を当てた。

「名乗りが遅れました。私はトリテレイア。この子の母にして、この天界にて神々を纏めていた者です」

女神トリテレイア、神々を纏め上げているとされる主神。

ならばカルミアは主神の娘ということになる。

これまでカルミアはどんな、何を司る神なのかと疑問だったが。

主神の娘となれば、神族そのものを司る神ではないのか。

「凄い。カルミア様、まさか女神トリテレイア様の子供だったなんて……」

ロアナの呟きに、トリテレイアは微笑んだ。

「いいえ、私たちはあなた方が思っているほど、凄い存在ではないのですよ。寧ろ恥を重ね、力を失いつつある種族なのですから」

「力を……？」

問いかければ、トリテレイアは頷いた。

「まずあなた方には、状況をお伝えせねばなりませんね。何故ノルレルスがカルミアを必要とし、そのために世界を、天界をこのような惨状にしてしまったのかを」

トリテレイアは手のひらに光球を生み出し、それを横幅のある長方形に広げた。

魔法陣の展開がなかったあたりから、ミルフィやアイルの扱う魔法か、それに近い力だろうか。

光の長方形内には次第に、多くの人影や、精緻な意匠の施された建物が見えてきた。

白磁色を基調とした、蒼穹の下に広がる、どこか幻想的な街並み。

「これは……」

「過去の天界です。我々神族にまだ多くの力があった頃の。ここに映っているのは私の記憶です」

となれば映っている方々は全員、神族ということになる。

『天界にもかつて、これほどの神族がいたのですね……』

「その通りです、竜姫ルーナ。ここにはかつて多くの神々が存在し、永く繁栄していました。そして神々は、神の写し身にして被造物でもある子供たち……即ち人型種族へとスキルを渡す役割も担っていました。……ご覧ください」

トリテレイアが指した先、天界の端にて、神々が手のひらから光の雫を地上へと落としているのが見えた。

「あれがスキルの源なんですか？」

「厳密には違います。スキルとは適性に応じた才能。神の写し身である人型種族であれば、本来は誰もが持つもの。神はその解放の手助けをしていたに過ぎません。成人の祝いとして」

思えば俺が【ドラゴンテイマー】スキルを授かったのも、多くの国で成人とされる十五歳であるし、一般にスキルが発現するのも十五歳とされている。

……というより……。

「スキルって、人間以外の人型種族にも発現するものだったんですか？」

問いかければ、トリテレイアは「左様です」と答えてくれた。

「先ほど語ったように、全ての人型種族は神の被造物。ですから生みの親である神の力を誰もが何かしら、薄らと受け継いでいるものです」

「……でも、私にスキルはない。魔術とも魔法とも違う力は」

「それに人間だって、稀にしかスキルを発現しないんじゃ……」

自身の手を開閉しつつ見つめるミルフィに、どこか納得いかない面持ちのロアナ。

そんな二人にトリテレイアは続ける。

「そうです、ミルフィにロアナ。ここがこの話の要点の一つでもあるのです。スキルは誰しもが持つもの、しかしその発現には神からの祝福が必要。……実を言えば随分前から、神々はその祝福を人型種族らに授けられなくなってしまったのです」

「……お母さん、どういうこと？」

尋ねるカルミアの両肩を、トリテレイアは軽く握った。

「カルミアもよく聞きなさい。これはあなたもよく知らねばならぬことですから」

トリテレイアは俺たちに見せる記憶を切り替えた。

そこには……光の粒となって消えていく神族の姿があった。

「力を失った理由は至極単純。寿命です。万物はあらゆる意味で有限、終わりがあります。物、命、世界。神族でさえ例外ではありません。世界が始まり永い時が経過し、遂に神族は寿命を迎えて力を衰えさせ、スキルを地上の者たちに発現させることができなくなりつつありました。……そうして今や、レイドの一族のような一握りの者にしかスキルは発現しなくなってしまったのです。代わりに台頭してきたのが魔術や魔法といった技術。人型種族が編み出した技です」

『つまりは、神々の時代にも終わりが訪れつつあったと……？』

「はい。とはいえ終焉を回避する方法もあり、かつては全ての神々がそれを行いました。ですが……結局、神々の力の劣化は止められなかった。しかもその方法は……愛を欠く、恥ずべきものだったのです」

そう語るトリテレイアの表情には後ろめたいような、深い後悔の色が見えた。

神族も過ちを犯すのだと、当たり前のようで不思議な気持ちにさせられた。

「そして神々の時代の終焉に際し、私は娘を、カルミアを身籠もりました。その時は人間の時代にして、ミカヅチがまだ存命だった頃。私はカルミアや次の世代に、神族の全てを託すべしと考えていました。……ですがそこで、今の神々の時代を終わらせまいと反旗を翻した者がいました。それこそが我が友」

『魔神ノルレルスか』

ここに至り、俺はノルレルスの語っていた奴自身の体に関する言葉の意味を理解した。

奴の体が不調だった理由、それはどうしようもなく寿命が近かったからなのだ。

それも神々の時代の終焉を、主神であるトリテレイア自身があ あして語るほどに。

しかもミカヅチの生きていた頃にはトリテレイアがあのように考えていたとなれば、今のノルレルスは正真正銘の死にかけと言っても過言ではないのだろうか。

トリテレイアを見る限りでも、神族は外見的には歳を取らないようなので、彼女の話を聞くまでノルレルスの事情が全く見えなかったというのが正直なところだった。

『しかし女神様、どうして魔神の野郎はカルミアを狙う？　奴の寿命とカルミアは関係ねーだろ』

「あるのです。ガラード、あなたの疑問は至極真っ当。これについてはレイドに時が来たらカルミアを天界に、とお願いしていた件にも繋がる話です」

「……！」

そうだ、トリテレイアは時が来たらと言っていた。

その理由も今まで不明だったけれど、ようやく明かされるのか。

「魔神ノルレルスはじきに寿命で力尽きるでしょう。ですから時が来たらというのは、正確にはノルレルスが寿命で力尽きたら、という意味だったのです。今の私の力では、夢を通してレイドに事情を全て伝えるのは不可能でしたから、あのようなふわりとした言い方となってしまいましたが……。しかし魔神ノルレルス、ひいては神族には死を回避する方法があります。それこそが先ほど話した愛を欠く行為」

「愛を欠くって……」

カルミアがそう繰り返した後、トリテレイアが語った内容は衝撃的の一言に尽きた。

「転生するのです。神族の子を新たな肉体、即ち自らの魂の入れ物として使い、寿命切れによる死を回避します」

「なっ……!?」

『つまりノルレルスはカルミアを魂の入れ物にしようと……!?』

ルーナが衝撃を受ける最中、カルミアは震え上がっていた。

「そんな……。……もし私がノルレルスの器にされたら、どうなるの？」

「あなたの魂は消えてなくなります。今の、生まれたてのあなたでは、ノルレルスの魂に抗うことなど不可能でしょう……」

我が子を抱きしめるトリテレイア。

しかし俺は彼女の言葉に引っかかりを覚えていた。

「……生まれたて？」

――ノルレルスがカルミアの記憶についても語っていたけれど、まさか……。

自身の中で違和感が言葉としてはっきりしかけた、その直前。

白い空間に轟音が響き、一角に亀裂が走り、それは次第に大きくなってゆく。

さらに亀裂から魔霧のようなものが広がり、亀裂を大きくしていき……。

「見つけたよ、トリテレイア」

広がりきった亀裂からノルレルスが現れた。

赫々の眼光を滾らせ、こちらを睨んでいる。

「まさか時空の狭間、異空間に逃げ込んでいたとは。寿命で力を失いつつあるとはいえ、流石は主神だ」

「ノルレルス……ッ！」

俺はリ・エデンの柄に手をかけつつ、奴に問う。

「お前がカルミアを使って転生しようと目論んでいるのは分かった。……どうしてカルミアなんだ。こう言ったら悪いが、せめて自分の身内で済ませたらどうだ！」

こんな馬鹿な話のためにカルミアを犠牲にできるか。

叩き付けるように言えば、ノルレルスは肩を竦めた。

「へぇ、事情はトリテレイアから聞いたようだね。でも事情を聞いた割には鈍いな。こうなったのは、カルミアを器として使う他なくなったのは、君のせいでもあるのに」

「……なんだと？」

ノルレルスは構えていた赫槍を引っ込め、肩に担いだ。

「なんだ、分からないのかい。ふーむ……事情を知ってしまったよしみだ。君やそこにいるお友達には教えてあげるよ。我ながら結構面白い話でもあるし」

奴は俺たちの周囲をゆっくりと回るようにして歩き出した。

「神々ってさ。どうして被造物として自身の写し身である各種族を生み出したと思う？　そんな面倒なことしなくても、神族だけ存在していてもいいって思わない？」

「それは……」

言われてみればそうだ。

各地の神話として、人間は神から生み出されたと伝えられている。

しかし詳細な理由まではどの神話でも語られていないはず。

神竜帝国の図書館の文献にもなかった話だ。

「神々が多くの種族を生み出した理由はね。それが神のためになるからさ。被造物は造物主である神を信仰する、これが肝だよ。……神々は被造物による祈り、つまりは信仰を糧に存在を強く保てるのさ。寿命を多少は無視できる程度にはね。だが、しかーし」

ノルレルスは赫槍の穂先を俺へ……否、リ・エデンへ向けた。

「僕を信仰してくれていた魔族たちはほぼ全員、その剣に宿る加護で連鎖的に消滅してしまった。例外は竜の国にいる一人と、後は各地に数人程度。……分かるかな？　君のせいで僕は信仰の力を失った挙げ句、寿命も迫っているって二重苦に追い込まれてしまったんだ。これじゃあ自分の子を転生の器として生み出す力も暇もない。だから僕はカルミアを、最も新しく生まれた神の肉体を必要とする他なかったのさ」

――そんな……。つまりは本当に俺が魔族をまるごと滅してしまったから……。

思わず半歩後退ると、後方から「聞いてはなりません！」とトリテレイアの声が飛んだ。

「レイド。あなたの行いは善くも悪くもありません。ただ生きるために行ったのみ。生きるため、やむを得なく行ったことについて、善悪や責任を考えても堂々巡りと化すのみ。それに魔族殺しを業とするなら、それは本来、ミカヅチが背負うはずだったもの。そしてカルミアの守護さえも」

トリテレイアの話から、俺はミカヅチの記憶を思い出していた。

カルミアの名前を知り、トリテレイアとも会っていたミカヅチの記憶を。

「そうだね。トリテレイアの言う通りでもある。僕の写し身たちは君に敗れたが、そもそもミカヅチが運よく魔王と相打ちにならなければ、その時に僕は信仰を失う危機に瀕していた。ついでにトリテレイアももっと早くにカルミアを産み、僕の手が及ばぬようミカヅチに守らせていただろう。その様子だと、大方、ミカヅチの生前にその旨の話は伝えていたのだろうね。でも……」

ノルレルスは外套を翻し、改めて赫槍を構えた。

「結局ミカヅチは死に、僕は魔族による信仰で寿命による死を先送りにし、トリテレイアもカルミアを守れる騎士が現れるまで、出産を遅らせる他なかった。故に……僕は待った。トリテレイアが、主神が子を産み、最も新しく力のある器がこの天界に生まれ落ちる時を」

「しかし我らの友、エーデル・グリラスの手助けにより、カルミアを竜脈の儀にて地上へ送り届けられました。あなたの魔の手からこの子を逃がし、新たな皇竜騎士（インペリアルドラグーン）に守っていただくために」

「本当、エーデルも寿命が近かった割になんでもありな神だったよね。死の間際、折れた自身の角を座標にして、カルミアを天界から一瞬で飛ばすなんて。……けれど馬鹿げた逃避行ももう終わる。お喋りだってここまでだ」

ノルレルスから発される殺気が膨れ上がり、同時に周囲も暗黒で満たされていく。

白い空間が奴の色で浸食されていくようだった。

「僕はこれまで通り転生を果たして生き延びる。そうとも……全てこれまで通りだ。僕は僕の信じる神族を、天界の道を……ただ貫くのみ！」

そうして跳躍してきたノルレルスの赫槍と、こちらのリ・エデンが衝突する。

リ・エデンは魔滅の加護を発揮して輝くが、ノルレルスの赫槍から出る漆黒の魔力は、掻き消されては溢れ出て、決して途絶えない。

「そもそも僕ら神族は転生を続けて生を繋いできた、何千、何万、あるいはそれ以上の年月を。それで僕らの力が弱まろうとも、いいじゃないか。これまでだってそうしてきたのだから！　なのに……トリテレイアもエーデルも他の神も、皆、転生を拒んで次の世代へと言い出した。今更すぎるよね……改めて聞くが、何故だいトリテレイア。どうして君は僕を、かつての君自身の道を裏切った！己の種族の命運を不確定な未来に懸けるとは、それでも僕らの主か！」

俺と打ち合い、赫槍を縦横無尽に滑らせながら、ノルレルスはトリテレイアに問いかける。

するとトリテレイアは答えた。

「分かっています。私たちの行いはかつての私たちを、あなたを裏切る行為だと。今更どうしたというのも、あなたの怒りも道理です。ですが私たちは子を使っての転生を、愛を欠く恥ずべき行いと悟ったのです」

「だからそれは、何故」

ノルレルスへと、トリテレイアは毅然として語る。

「我らの被造物、人型種族の営みから学んだのです。彼ら彼女らは短命でありますが、子を愛し、命を懸けて多くを繋いでいきます。ですが私たちはそんな営みを知るまで、私たちの魂こそが本体、肉体と子は我らの魂に従わせるものとしてきました。……寧ろ何故、それらを知り、従来と同じ方法で存命しようと思えるのでしょう。我ら神族は愛を欠き、故に力も失い、被造物にスキルを発現させられなくなったと。そう結論が出たではありませんか！」

「詭弁だよ、主神トリテレイア。感情は移ろう、君の語る愛すらも。絶対たる神が、被造物の曖昧な感情如きに影響されるなどと、愚昧極まる……！」

ノルレルスは赫槍を振り回し、こちらを強引に捉えた。

リ・エデンの刃で受け止め、堪えようとするものの、圧倒的な魔力量による魔力噴射で赫槍は爆速と化し、俺は宙へと弾き上げられた。

『レイド！』

咄嗟に飛び上がったルーナに受け止められたものの、奴はこちらを無視してカルミアへと向かっていた。

ガラードたちが阻もうとするが、奴の速度が速すぎる。

カルミアは首を握られ、足が地から離れていた。

ノルレルスの赫槍は奴の真横に突き立てられている。

「あ、あぁっ……!?」

「これが君の最後の記憶となるだろう、カルミア！　記憶喪失？　笑える冗談だよ。そもそも君は記憶を失っていたんじゃない。最初からなかったのさ。……何せ君は、竜脈の儀の直前に誕生し、僕の寿命が尽きるまでの時間稼ぎとして下界に逃がされたのだから。でもレイド・ドライセンたちが記憶喪失と勘違いしたのも仕方ないよね。神の生まれ方を知らなかったようだし。……神族も子を身籠るものの、腹から直接赤子の姿で産むとでも思っていたのかね？　彼らは」

『ペラペラと、無駄口が多い神様だぜ、テメェはァッ！』

ガラードが咆哮を上げ、爪を振り上げた。

その大爪はノルレルスを捉えたものの、なんと片手で受け止められていた。

しかし隻腕のノルレルスは、一撃を受け止める代償にカルミアを手放しており、床に叩き付けられたカルミアは激しく咳き込んでいた。

「君こそ騒がしい古竜だ。黙ってカルミアを差し出せば痛い目を見ずに済んだものを」

『ハッ、馬鹿言えよ。カルミアが生まれたばっかの神様って言うなら。生まれたばかりのガキを助けずして、仁義を語れるかってんだよクソッタレ！』

ガラードは次いで尾を振り、ノルレルスへと差し向ける。

さしものノルレルスも片腕のみでは、爪と尾、両方は防げない。

真横に突き立てていた赫槍を抜き、ガラードの爪と尾を防いだ。

『ロアナ！』

「分かっているよーっ！」

ガラードの攻撃に合わせ、ロアナが倒れたカルミアへ素早く駆け寄り、カルミアを抱えてその場から離脱した。

次いでミルフィが魔法で水を練り出し、数十本の剣として宙に浮かせた。

「……あの時の、お返し……！」

ガラードの剣を受け止めている以上、ノルレルスはミルフィの攻撃を防げない。

大打撃は必至であるのに、顔は涼しげだった。

「当たると痛そうだね」

気付いたときには、ノルレルスはミルフィの背後に回っていた。

その場にいた全員が、瞬きの間すら奴から目を離していなかった。

だからこそ、全員が驚愕で息を呑んだのが分かった。

「……っ!?」

驚きつつも咄嗟に離れようとするミルフィ。

しかし彼女の動きより、ノルレルスの動きの方が数瞬速い。

『させません!』

ルーナが飛びながら放ったブレスが、ミルフィに赫槍を向けたノルレルスを狙う。

距離があるにもかかわらず、ルーナの狙いは正確無比かつ、ミルフィを巻き込まない程度という絶妙な威力と魔力の調整がなされていた。

古竜のブレスは放たれれば回避困難なほどの速度だ。

魔術で狙われるのとは全く違うし、かつて魔族がルーナのブレスを避けた際だって、放たれる前に軌道を読んでいたのだと分かる。

けれどノルレルスは……明らかにブレスを放たれた後、ブレスの着弾地点から逸れた場所、ガラードの近辺に戻っていた。

……まただ。

距離のあったミルフィの背後に回り、ルーナのブレスすら回避しきる高速移動。

俺も最初に戦ったとき、あの高速移動に面食らったし、アステロイドを至近距離から放たれる原因となった。

──ただ素早いだけの移動とは違う。やっぱり、最初からあそこに立っていたかのような……。

ルーナの背から、奴を注意深く観察する。

するとトリテレイアが上空のこちらへ叫んだ。

「レイド！　ノルレルスは神としての力を使っています！　彼の固有の能力は……！」

必死の形相であるトリテレイアにより、肝心な情報がこちらに届く、その手前。

「はい、そこまでねー」

ノルレルスがトリテレイアの正面に現れ、口を塞いだ。

そのまま足で正面の虚空を蹴ったかと思えば、奴は空間に黒い亀裂を入れ、その中へとトリテレイアを軽々と放り込んでしまった。

「そんな……お母さんっ！」

カルミアが必死に手を伸ばすものの、届かない。

トリテレイアもカルミアに手を伸ばしたまま、亀裂の中に消え、亀裂自体もやがて閉じた。

──あれも奴の能力なのか。明らかに空間自体に作用していたぞ……！

魔術も魔法も超越した、軽々と空間に干渉する域の能力。

しかも無詠唱かつ予備動作はないに等しい。

あまりにもデタラメな力に、底知れぬ神族の力を改めて感じてしまった。

ノルレルスは涼しい顔で手を払った。

「危ない危ない、ばらされるところだった。能力は情報が漏れていないときこそ最大限の力を発揮する、そうは思わないかい？」

「……ふざけないで！　お母さんをどこにやったの！」

怒りで震えるカルミアに、ノルレルスは薄ら笑いを浮かべた。

「そうキャンキャン叫ばないでよ、うるさいなぁ。少なくとも死んでないよ。でも今の寿命と力じゃ帰還することもできないかな。僕を倒せば帰ってくるけど……少なくとも、君がトリテレイアと再会する機会は二度とない」

残酷な運命を語りながらもどこか愉しげなノルレルスは、正に魔神だった。

少なくとも俺のような人間とは分かり合えない魔の神。

戦と不幸をばら撒くが如き、災厄の神だった。

「ノルレルス……ッ！」

ルーナの背から飛び降り、リ・エデンを振るう。

しかし奴は赫槍で一撃を受け止め、目を細めた。

「やっぱり君やその剣に肉体が直接触れなきゃ何も問題ないね。竜飼い如きのにわか剣術、隻腕でも十分防げるさ。……あの時みたいな油断はしない、君に勝機はないよ」

「だとしても……！　お前が死ぬまでカルミアを守り続ける！　そもそも十日って期限を設けたのも

不自然だったが、あれはお前が死ぬまでの時間なんだろう！　つまりお前に勝てなくても、後それだけ保たせれば……！」

「できると思うかい？　君なんかが」

気が付けば、目の前からノルレルスの姿が消えていた。

声の出所は後方、つまり奴は背後に回っている。

勘付いたとき、心臓が大きく脈打った。

この移動も奴の神としての能力、見たことも聞いたこともない類いの何かだ。

残像すらない以上、やはり単なる高速移動でないのは間違いない。

「……っ！」

ミカヅチから引き継いだ記憶、つまりは戦闘経験を総動員し、勘任せに首を捻る。

直後、赫槍の穂先がこちらの首の皮を薄く裂いた。

『ガラード！』

『合わせる！』

回避の後、ルーナとガラードがそれぞれ迫る。

同時に前脚を振り上げ、一息でノルレルスに叩き込んだ。

空間の床が古竜の膂力で砕かれ、粉塵が舞う。

『野郎、どこだ！』

「無駄だよ。何をしたってね」

ノルレルスはあろうことか、首を振って奴を探すガラードとルーナの間に立っていた。

ガラードはノルレルスを逃がすまいと空を裂いて尾を振るうが、ノルレルスは大きく跳躍し、赫槍の長さを活かしてガラードの胴を穂先で裂いた。

『チッ……!?』

「ガラード！」

ロアナが叫び、ガラードに駆け寄る。

傷は深く、血が噴き出し、ガラードの頑丈な鱗が完全に絶たれていた。

しかも傷から黒い靄が立ち上り、嫌な予感を覚えた。

「あれは……！　ノルレルスの魔力か？」

「正解だよ、レイド・ドライセン。僕の魔力は魔族以外にとっては劇毒だ。薄めれば魔族に変貌する程度で済むけれど、今のは結構な量を穂先ごと体内に突っ込んだ。傷も内臓に達しているし、じきに彼は僕の魔力で体を砕かれ、死ぬだろう」

ガラードは立ち上がろうとするものの、もがく度に傷口から血液が溢れた。

「動かないで……！」

ロアナはガラードに駆け寄り、右手で懐から何かを取り出し、栓を抜く。

――あれは濃縮した治癒水薬(ポーション)の小瓶！　木箱の中にいた時、回収していたのか。

そのままロアナは小さな手で小瓶を傷口に突っ込み、中身を流しきってから取り出す。

するとガラードの傷がみるみるうちに塞がっていった。

『くっ……馬鹿みてーに沁みる！　だが助かったぜロアナ、ありがとうな！』

「レイドお兄ちゃん特製の治癒水薬（ポーション）だよ！　ジュースの原液みたいに濃いものだから、沁みるのは我慢して！」

ガラードは再び立ち上がり、ノルレルスを見据える。

『今のは痛かったぜ……魔神さんよぉ！』

「傷が塞がった程度で威勢がいい。けどね、体内に残った僕の魔力はそのままだ。君の命運は変わらない」

『抜かせ！　本体であるテメェを殺せば魔力だって消えるのが道理！　俺の命が尽きる前にテメェを殺（や）るだけだ！』

「それが不可能だって言っているのさ！」

ガラードは疲労などないかのように攻め立てていく。

爪で、牙で、尾で、ブレスで。

ここが天界の一角であれば、瓦礫が倍増していたのは間違いない。

そのように思ってしまうほど、ガラードの攻めは苛烈だった。

『レイド、私たちも加勢を……！』

『待て、姫様！　レイドもそこにいろ！　……そしてよく見ておけ！』

飛ぼうとしたルーナに、ガラードからの制止が入る。

その時、俺はガラードの考えが分かった。

……ノルレルスの動きを見て、奴の能力を暴けと言っているのだ。

確かに奴の能力が不明なまま戦っても、竜の国で敗れた際の二の舞になる可能性が大きい。

すぐにでも飛び出したい気持ちを抑え、俺はノルレルスの一挙手一投足を注意深く見た。

一方、ノルレルスは回避を重ねていたものの、遂にガラードの爪を赫槍で弾き上げる。

さらに胴の下へ潜り込み、赫槍の石突きを跳ね上げ、ガラードの胴に叩き込んだ。

「古竜の中ではやる方だ。でもね、いい加減鬱陶しいよ」

『野郎……！』

ノルレルスの細身に見合わぬ膂力により、ガラードの巨躯が宙に浮いた。

瞬間、ノルレルスは「幕引きだ」と詠唱を開始する。

「凶座を刻め――グランドクロス！」

ノルレルスの頭上、ガラードの胴へと、輝く十字の魔力が現れた。

――アステロイドと同じだ。詠唱はあるのに魔法陣は出てこない。魔術とも魔法とも違う系統の力、これも神族の能力なのか。

輝ける十字の魔力はそのままガラードへ向かい、衝突した途端に大爆発を起こした。

「ガラード……！」

如何に強靱な古竜の肉体であっても、今の一撃は響いただろう。

ガラードは宙でどうにか体勢を立て直して着地したものの、明らかにふらついていて、鱗も各所が砕けて煙を上げていた。

『まだいける！　だが奴を見失った……！　どこに……！』

「ここだよ」

再び現れたノルレルスは、またもやガラードの付近に立っていた。

しかも呑気に欠伸すらしている。

――馬鹿な。あんな位置に立っていたなら、さっきの爆発で吹き飛ばされているはずだ。そもそも奴はガラードの胴の下にいた、どうやって至近距離の爆発から逃れた……！

最早、状況に関する情報が整合性を失っている。

戦慄していると、ノルレルスは自身の足下を蹴り破った。

……すると空間に巨大な亀裂が入り、ガラードは羽ばたく間もなく呑み込まれていく。

『チッ！　またこれか！』

「君が万全の状態だったら飛んで逃げられたかもだけど、そのザマじゃ無理だね。諦めて落ちておくれよ」

『……すまねぇレイド！　後は頼むぞ……！』

「ガラード……！」

あの巨躯を俺とルーナで引っ張り上げるのは不可能だし、もう距離的にも間に合わない。

ガラードは亀裂に呑み込まれ、亀裂はその後、完全に閉じてしまった。

トリテレイアを呑み込んだ亀裂と同じだ。

「そ、そんな……」

ガラードが消えてしまったのを見て、ロアナがぺたりと座り込んでしまう。

「……まだ諦めないで。奴を倒せば女神様が戻ってくるなら、ガラードも同じ！」

ミルフィは次々に水弾を放つ。

一発一発が古竜にさえダメージを負わせる高速の一撃。

それをノルレルスは赫槍を回し、全て砕いてしまう。

「こんなの掠りすらしないよ。……もう終わりかい？」

「いいや……まだだっ！」

『レイド！』

俺はノルレルスへと突っ込み、奴の赫槍と打ち合う。

といっても膂力で劣る以上、防御重視でいなすようにして立ち回る。

同時、考えを纏めていく。

——奴の能力、空間に亀裂を入れていた辺りからも、空間に関する能力なのか？　トリテレイアの生み出したこの場所も時空の狭間らしいし、神族は時間や空間に関する能力を扱えるのかもしれない。

とはいえ俺をさっさと空間の亀裂に放り込まないあたりを鑑みるに……。

「お前の能力、リ・エデンの魔滅の加護が至近距離で機能している間は使えないらしいな！」

「へぇ、流石に気付いたかい。そうとも、僕の能力はエーデルの加護の前では封じられてしまう。でもそれがどうした？　そんな小細工がなくとも、君一人なら容易に打ち倒せる！」

ノルレルスは赫槍を横薙ぎにした。

しゃがみ込んで回避し、真下から攻めにかかる。

「神竜帝国式・竜騎士戦剣術――竜翼昇牙(リュウヨクショウガ)！」

竜が急上昇しつつ敵に食らい付くかのような、素早い斬り上げの一撃。

全身の筋力を総動員して体を跳ね上げ、ノルレルスを狙うものの、

「速度は悪くない。人間にしては、だけどね」

ノルレルスは体を反らし、軽々とリ・エデンの剣先を避ける。

さらにその体勢のまま、赫槍を雑に振るった。

こちらはリ・エデンを垂直に立てて受け止めるが、止めきれずに遠方まで放り投げられる。

――あんな体勢からこんな力が出せるのか！

次いでノルレルスは瞳を一瞬、赫々に輝かせた。

何をしてくるのか、嫌な予感に背筋が凍る。

背後から破砕音が立ったと思えば、投げられた先、空間に亀裂が走っていた。

――しまった、奴から離れすぎたのか！

体が宙に浮いてしまっている以上、もう亀裂に落ちることしかできない。

落ちてしまえばトリテレイアでさえ自力で戻ってこられないとなれば、俺の帰還も絶望的だ。

『レイド！　待ってください、今……！』

ルーナが羽ばたくが、同時にノルレルスもこちらに跳躍してくる。

「悪いね、古竜の姫君。ここから先は僕と彼、二人だけでやらせてもらおう！」

ノルレルスは俺と共に空間に開いた亀裂へと入り込む。

ルーナも急ぐが、古竜の巨躯では亀裂には入り込めない。

亀裂自体も徐々に閉じている。

このまま分断されると思いきや、ルーナは飛翔した勢いのまま、人間の姿に変じて丸まった。

俺は亀裂の内部へ飛び込んできたルーナを受け止め、そのまま背から着地する。

強い衝撃に襲われ、全身が痺れたものの、どうにか無事だった。

「うっ……！　……ルーナ、大丈夫か？」

『あなたが受け止めてくれたお陰です。しかしここは……』

ノルレルスの生み出した亀裂の先にあったのは、澄んだ夜空を連想させる空間だった。

足場も半透明で、星々の瞬く闇夜に浮かんでいるように思える。

――周囲にトリテレイアやガラードの姿はない。二人が放り込まれた空間とは別の場所なのか？

ノルレルスは複数の異空間を自由に行き来できるようだ。

転生による死の回避といい、神族はなんでもありなのか。

軽い音を立てて着地したノルレルスは、ゆっくりと歩んでくる。

「やれやれ、結局君と二人きりにはなれなかったか。でもこれで他の邪魔は入らない。土壇場でカルミアが主神として覚醒し逆転、みたいな事態も防げる」

ノルレルスは「実を言えば、僕としてはそれが一番怖かったよ」と続けた。

俺は立ち上がりつつ、奴を見据えた。

……奴の高速移動能力は未だにはっきりしない、このまま戦っても押し込まれて負ける。

これまでは奴の高速移動に対し、複数人でカバーし合って戦っていたものの、俺とルーナのみでそれは不可能だ。

ならばこそ、と俺はリ・エデンのみならずリ・シャングリラも引き抜いた。

改めて頼りになるのはミカヅチの記憶、彼も二刀流という形で双剣の扱いは心得ていたようだ。

それにこうしてリ・シャングリラを握れば、この剣に関する記憶も蘇ってくる。

そうだ、リ・エデンとリ・シャングリラは本来……。

「さあ、最後の戦いだよ。レイド・ドライセン。あくまで神に抗うというのなら、神罰で死ぬのも道理というものさ！」

星明かりに照らされた異空間の中、ノルレルスとの最後の死闘が幕を開けた。

第四章◆全てを込めて

「闇に瞬く星々の乱舞――アステロイド・ベルト！」

ノルレルスの詠唱により、次々に光球が生成されてゆく。

暗黒の異空間にて一層輝きを放つそれらは、次々にこちらへと放たれた。

『させません！』

古竜の姿に戻ったルーナがブレスを横薙ぎにして、百に近い数の全てを落としてゆく。

落ちた光球は爆ぜ、視界が白く塗り潰される。

しかし奴の姿を見逃しはしない。

「はぁっ！」

リ・シャングリラを振るいつつ、その刃へとリ・エデンの魔力を流し込む。

ヴァーゼルの所有していた剣、リ・シャングリラも確かに聖なる類いの力を宿していた。

けれどこの剣の真価はそこではなく、魔力を伝わせるといった点にある。

ヴァーゼルが剣を振るっただけで、魔族の魔力を斬撃として空間に伝わせ、飛ばしたように。

リ・エデンの魔力を込めてリ・シャングリラを振るえば、魔滅の加護を斬撃として飛ばせる。

「飛距離のある剣戟（けんげき）……！」

これにはノルレルスも驚いたようで、赫槍で受け止めるのではなく、体を捻って避けた。

こちらも奴を逃がすまいと、間髪いれずに斬撃を放っていく。

……そうとも、これこそが真のリ・シャングリラの使い方。

ミカヅチの記憶から伝わってきた情報。

リ・エデンで近距離の敵を薙ぎ払い、リ・シャングリラで中、遠距離の敵を刻む。

神竜皇剣と神竜帝剣は二本揃って初めて全領域に対応し、真の使い方に至る、そういった聖剣だったのだ。

ミカヅチがこういった使い方をする前にリ・シャングリラの方はヴァーゼルに奪われたらしいものの、それから長い年月が経ち、ようやく二本の聖剣が真の使用方法で運用されている。

ミカヅチが見たならば、少しは感心してくれるのだろうか。

「なるほど……。手持ちの剣が一本増えていると思ったら、どうやら見かけ倒しではないようだね。しかしリ・エデンの魔力をもう片方の剣にも伝導させ続ける……人間が長々と続けられる芸当ではないはずだ」

——流石に見抜かれたか……。

俺はリ・シャングリラを握る左手に力を込める。

最初から両方の剣を抜かなかった理由は、正にノルレルスが語ったものだった。

前にヴァーゼルと戦った時、リ・エデンの強大な魔力を行使した肉体は、外側のみならず内側まで反動でやられていた。

リ・エデンの魔力を扱い続けただけで、あのザマだったのだ。

そんな大魔力を自身の肉体へと伝わせ、常にもう片方の剣にも流し込む……魔力操作を誤れば自身の肉体に魔力が跳ね返って弾けかねない荒技だ。

——ミカヅチ並みの強靭な肉体の持ち主なら問題なかっただろう。でも俺の場合は……。

長くは保たない、できればすぐにでも終わりにしたい。

現に腕がもう痺れ始めた、長期戦は不利だ。

「君の体力が尽きるまで逃げるのもありだけど、隙を見せれば遠距離斬撃を食らいかねない。……レイド・ドライセン。やはり確実に倒す他ないか」

ノルレルスはそう言いつつ、赫槍を頭上に掲げた。

途端、ノルレルスの上の星空が捻れて、闇より尚暗い漆黒が顔を覗かせる。

「深淵の顎——グルージェス・アター！」

ノルレルスが詠唱を終えた途端、漆黒が渦を巻き、周囲の物体を吸い寄せようと豪風を起こす。

『くっ……！』

ルーナは古竜の姿となり踏ん張っているものの、ジリジリと吸い寄せられていく。

俺もルーナの前脚に腕を絡ませて耐えるが、ルーナが限界を迎えれば俺も一緒に吸い込まれる。

吸い込まれた先、あの漆黒の中でどうなるかなど……考えたくもなかった。

『このっ！　術者を叩けば……！』

ルーナがノルレルスへと閃光のブレスを放つ。

ブレスは一直線にノルレルスへ飛ぶものの、奴に当たる直前、軌道を変えて漆黒の渦へと飲み込まれてしまった。

「無駄だよ。近寄れば光さえ逃がさないこの絶技。こちらに直進するブレスの軌道を曲げる程度は造作もない」

『そんな……!?』

ブレスが届きさえしない、その事実にルーナは歯を食いしばっていた。

――まだこんな大技を隠し持っていたなんて。このままだとすぐに吸い込まれる。でも……！

これほどの大技、使い続けるにも相当な魔力が必要だと考えられるし、奴自身への負荷も多大なものだろう。

現に広範囲に影響を及ぼす技なのに、敵が俺とルーナの二人になるまで温存していたのだから。

それに……対抗策ならある。

恐らくはこの手なら。

「封印術・竜縛鎖（リュウバクサ）！」

魔法陣を展開し、そこから引っ張り出した鎖で俺とルーナの体をその場に固定。

鎖の端は魔法陣で空間の床に縫い付け、吸い込まれないようにする。

極大の吸い込み攻撃に対して抵抗しつつ、さらにもう一押し。

「封印術・重竜縛鎖（ジュウリュウバクサ）！」

ノルレルスの直下に魔法陣を複数展開し、そこから極太の封印術の鎖を召喚する。

鎖はノルレルスに絡みつき、奴の動きと魔力を抑えていく。

「小細工だ。神族相手にこの程度……！」

「だろうな。お前の魔力は膨大、そんな鎖じゃ全部は抑えきれない」

「なら何を……？」

「こうするんだよ！」

ノルレルスを縛っている鎖を操り、奴の体を地に伏せようと縮めにかかる。

同時、掲げていた赫槍の穂先が下がり、その先にあった漆黒の渦は徐々に小さくなっていく。

——やっぱりそうだ。奴自身が吸い込まれないよう、掲げていた槍を伝って、魔力を黒渦に送っていたんだ。穂先が黒渦から離れれば魔力を送れず消失するはず。

「くっ、この……！」

ノルレルスは矮躯(わいく)に見合わぬ規格外の筋力で重竜縛鎖(ジュウリュウバクサ)に抵抗しているものの、これは鎖が太く重たい分、竜をも完全に抑え込むほどの魔術。

奴が如何に神族といえど、筋力のみで簡単に抜け出せはしない。

「チッ……！」

ノルレルスも脱出は困難だと悟ったのか、黒渦を消し、代わりに自身の肉体から漆黒の魔力を吹き出す。

魔力は刃のような形状となり、重竜縛鎖(ジュウリュウバクサ)を粉々に切り裂いた。

『魔力を抑え込む性質を持った鎖を、魔力であぁも簡単に……！』

「僕を舐めすぎだよ、エーデルの末裔。魔力を集中させれば、脱出するだけなら難しくもない！」

ノルレルスは大きく跳躍し、俺たちの頭上に移動する。

そのまま浮きながら、さらなる詠唱を開始した。

「闇より覗く三天、凶星よ！　彼の者らを滅殺せよ――」

ノルレルスの背後の星空より、三つの星が光となって奴へと集結する。

それらは三角形の配置から、反時計回りに巡り、高速回転の末に外見上は一つの円となる。

「――トランスサタニアン！」

唱え終わった瞬間、三つの星だった円がこちらへ飛来する。

これまでのどの攻撃よりも規模が大きい。

下手をすれば山一つが消えるほどに巨大だ。

星の高速回転で大気が擦り切れ、魔力との摩擦で火花さえ散っている。

――こうなったら部分的に相殺するしかない。

あれがノルレルス由来の魔力による攻撃ならば、リ・エデンで防げるはず。

「神竜帝国式・竜騎士……！」

覚悟を決めて技を繰り出そうとした直前。

ルーナが俺の前に飛び出て、口腔からブレスを放った。

『……っ！』

ブレスはノルレルスの一撃と拮抗しているようだが、明らかにまずい。

「よすんだルーナ！　あんなのをブレスで防いだら、ルーナの魔力が……！」

古竜にとって魔力とは生命力だ。

そしてブレスは魔力の塊であり、謂わば生命力を削って放つ大技。

……神による地形すら変貌させかねない一撃を受け止めるほどの魔力、本来ならブレスとして放っていいものではない。

現にルーナの脚は震え、直下の床を砕けるほどに踏みしめており、物理的にもあの光輪を受け止めるのが限界に近いと分かる。

「エーデルの末裔、竜姫ルーナ。レイド・ドライセンを正面から潰すのは思いの外、面倒だけれど……君を潰せば、彼も多少は動揺してくれるかなぁっ！」

ノルレルスが技へと送る魔力量を爆発的に増加させた。

光輪が巨大化し、星の回転速度も増し、威力が跳ね上がっていく。

『くっ……ぁっ！』

ルーナもノルレルスに負けじと魔力を高めるが、徐々に押され、光輪が下がってくる。

彼女の魔力は減り続け、無理を強いているためか、口の端からは血が流れているのが見えた。

どうにかして止めさせたいが、止めたところで俺とルーナは奴の大技で蒸発するだろう。

一瞬のみ迷うが、その時、テイムによる繋がりがあるためか。

ルーナの心が、想いが、こちらの心にするりと入り込んできた。

——レイド……！　私には構わず、どうか！　成し遂げてください！　もう……あなたしかいないのです！　このままでは二人揃って……！

「ルーナ……！」

信頼と願いの籠もった思いを受け取る。

同時、聞こえてきたのは光輪の向こう側からの、ノルレルスの嘲笑だった。

「クク……潔く潰れてくれたまえよ！　どんなに抵抗しようと無駄だ竜姫！　どの道、君はここで終わる！　もしくは……愚昧な竜の頭じゃ理解しきれないかな？」

死力を尽くして耐えるルーナを嘲る声。

リ・エデンを握る右手に力が籠もり、震える最中。

余裕を見せるノルレルスは続ける。

「もしくはこれで潰れなければ、方法を変えるだけの話。どんな方法ならレイド・ドライセンを動揺させられるかね」

ノルレルスはジリジリとルーナを押しているものの、ルーナが一気に潰される気配はない。

……感じ取れる魔力量は増しているのに、奴は明らかに手加減をしていた。

ルーナを苦しめ、甚振って遊ぶように。

「たとえばそう、君の脚を一本ずつこの槍で貫くとか。一思いに潰すより、君の悲鳴を聞かせた方がレイド・ドライセンの心も削れるだろうし。……よし、次の手は決まった。だから頑張っておくれよ。華奢な雌竜といえど、耐えれば半殺し程度で済むだろうからさ！」

……奴の言葉がそこまで耳に入り、このままではルーナの命はないと理解した瞬間。

全ての迷いが掻き消えた。

雑念が何かに押し流され、俺はその場から走り去り、ルーナが全力で止めている巨大な光輪の真下から出る。

上を見上げれば、こちらを眺めるノルレルスの姿。

相棒を見捨てて逃げたかと言わんばかりの表情。

――舐めるな。どこまでも余裕ありげなその笑み、この場で崩してやる！

「封印術・蛇縛鎖（ジャバクサ）！」

遠距離型の封印術を起動し、一端をノルレルスの腕に巻き付け、もう一端をこちらの腕に巻き付ける。

次いで鎖を高速で縮ませ、浮き続けている奴へと勢いのままに突っ込んだ。

ほぼ飛来するかの如き速度、ノルレルスもこれには目を剥いた。

「蛮勇か……！　まさかここまで捨て身とは！」

「当たり前だろ！　相棒が、魔力を、命を削って耐えているんだ。神だろうがなんだろうが……好き勝手に暴れたそのツケ、今この場で払わせてやる！」

ノルレルスは赫槍をこちらに向けるが、動揺しているのか遅い。

……違う、単に遅く見えているのだ。

妙に時間の流れが緩やかだ。

周囲の全てが緩慢に見える。

理由は分からない、これもミカヅチの記憶を引き継いだ影響なのだろうか。

もしくはトリテレイアの魔力で体を癒やしてもらった際、何かされたのだろうか。

または……いいや、もう理由なんてどうでもいい。

これで少しは戦いやすくなった、ただその事実で十分。

ノルレルスの赫槍の穂先は俺の胸へと向かっている。

奴の一撃には魔の力が込められており、掠めただけで劇毒とさえ称された奴の魔力を送られ、死に至る。

決して直接受けてはならないが……。

——全てを呑む黒渦の後、全てを砕く光輪を放っている最中だ。あれだけの大技を連発している以上、反動は大きいに違いない。この一撃が精一杯の反撃のはず。それならば。

「……!」

ノルレルスの赫槍の穂先がこちらに届く。

勝利を確信したのか、奴の口角がゆっくりと上がる。

……それに合わせるように、こちらは体を捻った。

穂先は鎧胸部に食い込むが、俺の動きに奴の馬鹿力も手伝い、留め具が耐え切れずに破損し、胸部の鎧が剥がれた。

当然、穂先はこちらの胸部を貫かず、剥がれた鎧に食い込んだまま軌道が逸れていく。

——とても軽い鎧で助かった。重さがあったら、ああやって簡単に体を捻れなかった。

カウンターを完全に無力化されたノルレルスは体勢を完全に崩している。

今なら奴に届く、リ・エデンが直接。

「その隙、逃すか！」

俺はノルレルスの胴へとリ・エデンを振り下ろす。

確実に決まったと思った矢先……このゆっくりと動いている視界の中、ノルレルスの肉体がするりと素早く消えていく。

これが奴の高速移動の種、この状態なら目で追いきれる。

そして奴が吸い込まれるようにして消えていったのは……。

直下の光輪に映し出され、俺の胴に映り込む、奴自身の影の中だった。

「……！」

それを理解した途端、時間の流れが元に戻った。

リ・エデンが空を切り、ノルレルスが消えたことで光輪も消失。

真下では息を切らせたルーナがなんとか無事に立っていた。

『レイド……！』

飛び上がったルーナは落下する俺を背で受け止めてくれたが、半ば墜落するように着地した。

「ルーナ、大丈夫か⁉」

彼女の背から降り、しゃがみ込む。

息は荒く、目の開き具合も半眼、といったところだ。

無理に魔力を行使した反動か、各所から流血があり、銀の鱗も色を失い霞んでいた。

倒れ伏し、息も絶え絶えでありつつも、ルーナは口を動かす。

『レイ、ド……。私は大丈夫、です。まだ、ノルレルスが、どこかに……』

「分かっているよ。後は、任せてくれ」

俺は立ち上がり、リ・エデンを振り上げ、

「ノルレルス。……そこだな？」

俺とルーナの影が被っている部分へと、迷いなく叩き込んだ。

途端、何かがリ・エデンの刃から逃れるようにして抜け出てくる。

現れたのはやはりノルレルス。

今や苦笑いといった表情で、眉間に皺を寄せている。

奴の肩は薄く斬れ、白く煙っており、一撃が微かに当たったようだった。

「やっとお前の移動方法が分かった。お前、影から影へと瞬時に移動できるんだな？　思えばお前が突然現れる先は、いつも誰かの近くだった。となると、生き物の影にしか移動できないんだろう。無生物の影に移動できるなら、その辺の瓦礫からでも奇襲できただろうしな」

そう語る自分の声は、自分が知らないほどに低く、何かを押し殺したようだった。

一方、ノルレルスは訝しむようにこちらを睨む。

「君は……そうか。トリテレイアの奴、君の体を治したときに何かしたね？　彼女の魔力をまだ君から感じる。僕の能力を看破したあたりから、強化されたのは視覚かな？　見間違いでなければ、僕の移動を目で追っていたように見えたけれど」

「……だったらどうした?」

「だったらって。いきなりぶっきらぼうになったね、君。……そんなに怒ることかい? 相棒だってまだ生きているのに」

ノルレルスに言われて、気付いた。

自分の声が低い理由も、光輪を抜け出し、あんな無茶な突撃を仕掛けた理由も。

——そうか、俺は怒っていたのか。

ルーナが光輪に潰されかけ、苦しんでいたときから。

奴がルーナを煽り、嘲って残酷に甚振ろうとしたときから、ずっと。

今回の事件の元凶である、あの魔神に対して。

意識してしまえば、怒りが際限なく膨れ上がっていくようだった。

——ああ、本当に。

「十分以上に怒ることだよ、魔神ノルレルス。俺やルーナ……だけじゃない。竜の国に住む皆にも、魔霧を受けて魔族と化した人たちにも。皆、明日の予定があったんだよ。のんびり昼寝でもしようとか、明日は何を食べようとか。大切な家族や仲間と一緒にさ。でも……お前は奪いかけたんだ、俺から。相棒と、ルーナと一緒に生きる明日を」

ここまで語って、過去の自分にも少しだけ腹が立ってきた。

何が「俺はルーナが死なないと思っているし、そう信じている」だ。

現に相棒は殺されかけたし、今だって辛そうに横たわっている。

神の力を軽んじていたのではないが、己の楽観視と想像力不足に吐き気すら覚えた。

……それにかつて、神竜帝国で働いていた中で、あらゆるストレスに対する耐性は獲得していたつもりだった。

あの悪環境の中では、泣き言を吐いても変わらないと、できるだけ淡々と目の前の問題や脅威を解決できるように。

どれだけ周囲の人間に難癖を付けられようとも、家族同然のフェイたち空竜には一切当たらぬよう、努めて心を穏やかにできるように。

そんな俺の様子を見て、あまり人間らしくないと陰で言われていたのも知っている。

けれど魔族たちと戦闘になった際、帝国暮らしだった俺がさほど焦らず奴らを相手にできたのも、あれらの心構えのお陰だったと思う。

なのに……今はただ、怒りを感じて仕方がなかった。

ルーナや皆の命を脅かすノルレルスに、この状況に、力不足だった己自身にも。

自覚してしまった以上、この怒りはもう抑えようがなかった。

久方ぶりに溢れ出た熱い感情は、どうしようもなくぶつかり散らす相手を求めている。

だから……。

――この場で、ありったけ出しきってやる。

「リ・エデン。リ・シャングリラ。……俺の体は後回しでいい。だからもっと寄越してくれ、その力を。神竜の加護を得て、天上の神族にさえ届く、その権能を！」

言いきった途端、リ・エデンとリ・シャングリラから爆発的な光が迸った。

俺の覚悟と感情に呼応するようにして、夜空の異空間を昼のように染め上げていく。

ノルレルスを赤い月とすれば、俺はきっと白い太陽のようだろう。

己でそう感じてしまうほどの光量と力。

ノルレルスは目を細めて後退する。

「レイド・ドライセン……まさか人間風情がエーデルの力をそこまで引き出せるとは。トリテレイアの魔力が魔滅の加護の解放を手伝ってもいるのか……？」

「行くぞ、魔神ノルレルス。寿命を待つまでもなく、体を打ち砕いてやる」

二振りの聖剣を手に、腰を落として突っ込む構えとなる。

その時、微かに背後から声がした。

鈴を鳴らしたような、小さな声。

『レ、イド。いけません、そんな……。怒り任せに、一気に力を解放しては、あなたの身が……』

自身が酷く疲弊しているのに、そんな最中でもこちらを気遣ってくれる、ルーナの声。

——本当、しがない竜の世話係な俺には勿体ないくらいの相棒だよ、ルーナ。

彼女は俺を好いてくれている、本当に素敵な竜のお姫様だ。

……愛にも多くの形があると思う。

猫精族の親子や、ケルピーの親子が見せてくれたような、家族の愛。

一緒に戦う友を救い、支えて共に歩む、友愛。

そして種族すら超えて互いを大切に想い合うのも、一つの愛だろう。

柄にもなくそんな詩的なことを考えてしまうのは、きっとカルミアが原因だろう。

――そう？　私、今日だけでも色んな好きや、色んな愛があると思ったけどね。性別どころか種族も超えて、皆で楽しく集まって暮らしている。やっぱり素敵なところね、竜の国は。

いつかの温泉で、彼女は俺にそう語ってくれた。

カルミアが神族である以上、あれは文字通りの神託でさえあったのかもしれない。

言い方は人それぞれだろうけれど、誰かを想い動く原動力を「愛」と呼ぶのなら。

ルーナが俺を愛しい相棒とまで語ってくれたのだから。

俺がここで身を挺してルーナを守り、ノルレルスを倒さなければ、ルーナへの想いが全て嘘になってしまう気がした。

だから俺は最後に、唯一無二の相棒へと、こう伝えた。

「ありがとう。……信じて！」

『レイド……！』

足場を砕く勢いで蹴り、ただ前へと直進。

向かう先は転生により死をも超越可能な神族、魔を統べる神、闇の頂点。

奴は腕を鷹揚に広げ、こちらを迎え入れるようでさえあった。

闇色の外套と血色の意匠は死の闇を連想させ、最早、死を司る神のように思えてくる。

「竜姫との別れは済んだようだね、レイド・ドライセン！　正真正銘、最後の戦いだ。互いに愉しもうじゃないか！」

「神竜帝国式・竜騎士戦剣術——竜鱗乱舞（リュウリンランブ）！」

舞い散る鱗のような斬撃をリ・シャングリラで無数に飛ばす。

ノルレルスは自身の影に吸い込まれるようにして移動を始める。

かつては目で追うのも困難だった高速移動。

されど、トリテレイアの魔力を得た今なら見える。

以前、胸の傷を治癒してもらった際、目元にも手を当てられていたが……。

ノルレルスの口ぶりからしても恐らく、あの時になんらかの視覚強化も施されていたのだろう。

奴の能力を見破れるようにと。

そんな強化能力が俺の怒りや感情の昂（たか）ぶりに呼応して目覚めたとなれば……ただこの激情に身を任せるのみ。

影へと吸い込まれつつある奴の動きに先んじて、斬撃を素早く飛ばせば、魔滅の加護を帯びたそれを、奴は回避せざるを得ない。

影から飛び出したノルレルスへとそのまま接近。

カウンターの要領で振られた赫槍はリ・エデンの魔力で強化された膂力にものを言わせて受け止める。

かつては受けるだけでも高くまで打ち上げられた一撃、だが今は十分以上に持ち堪えていた。

怒りの力で上限が取り払われたリ・エデンの魔力があれば、竜の世話係の肉体でさえ神族に匹敵する脅力を帯びるようだ。

初めて見る奴の引きつった表情に、黒い感情と笑みが漏れた。

そのまま右膝を奴の胴へ叩き込み、弾き飛ばす。

半透明な床を数度バウンドして転がっていくノルレルス。

……ようやくまともなダメージが入ったなと安堵したのもつかの間、視界がぐにゃりと歪む。

他にも暴力的なまでの魔力解放の影響で全身へ鋭い痛みが走り、感覚が失せるように痺れる。

でも……強いて表すならこの程度で済んでいた。

神族を倒す代償がこの程度ならば、まだ対価として「払える」のだ。

「くっ……!?」

リ・エデンの魔力、即ち魔滅の加護が通う俺の肉体に直接触れたノルレルスは、身悶えるようにしながらも立ち上がった。

「この出力……馬鹿な。人間が引き出せる限界を遥かに……!」

「……喋るな！」

――ルーナを罵ったその口、二度と開かせてたまるか。

奴に語る暇すら与えまいと、そのまま剣戟勝負に持ち込む。

魔滅の加護を胴へまともに当てた以上、効いているのは間違いない。

現に奴の動きが明らかに鈍っている。

手数の面でも、両手の聖剣で攻め立てているこちらが有利なのは明白。

このまま押し込まんとリ・エデンで突きを放てば、防御に回った赫槍とかち合う。

止まらずリ・シャングリラを横薙ぎにすれば、奴は赫槍の角度を変え、受け止めにかかった。

次いでノルレルスは立てた赫槍を軸にして跳ね、首を刈り取る軌道の蹴りを放ってきた。

空を裂く高い音、まともに食らえば首が飛ぶ。

強化された視覚で緩やかに時間が流れるかのような空間の中、一撃の軌道を読みきる。

体を反らし、顎を掠って紙一重で回避に成功。

そのまま攻撃に転じようとすれば、ノルレルスの瞳が赫々に輝く。

反撃の予感にその場から飛び退けば、こちらの立っていた場所の直下から、深紅の閃光が槍のように鋭く伸びた。

あのまま立っていたなら串刺しになっていただろうが……。

「……っ！」

数度空間の床を蹴って、稲妻状の軌道を描くようにして奴に接近。

深紅の閃光が俺の行く手を阻むように生じるが、こちらの動きを捉えきれずに全て逸れる。

ノルレルスも突き立てていた赫槍を引き抜き、応戦の構えを見せるものの、

「そこだっ！」

リ・シャングリラで斬撃を飛ばし、ノルレルスの赫槍に叩き込む。

すると案の定、中途半端だった奴の構えが崩れ、その隙に斬り込みにかかった。

「甘い……！」

確実に入ると思ったリ・エデンによる一閃。

だがノルレルスは赫槍での迎撃を諦め、真下からの蹴りをこちらの右手に当て、リ・エデンの直撃を避けた。

手負いの隻腕とは思えない動き、これが魔の神。

全盛期であれば間違いなくこちらが敗北していただろうが、奴の寿命が迫って弱っている今、勝機が確実にこちらへ寄っているのを肌で感じた。

先ほどのリ・エデンでの一撃も、直撃こそしなかったが奴を掠めた。

このまま押し込み続ければやがて勝てる。

……魔力の過負荷のせいか、今や肉体から伝わる痛みも感覚も遠くなり、鈍くなりつつある。

だからまだ「払える」のだ。

感じなければ恐れもしない。

身の丈に合わない力を行使するための代償はまだ、残っている。

──俺が限界を迎える前に確実に奴を仕留める。それにトリテレイアの力も、ミカヅチから魔力を継承されたときと同様、そのうち消えてしまうのは間違いない……！

全ては時間との勝負でもある、その思いで頭が埋め尽くされそうになったとき。

「……？」

何故だろう、不意に脳裏によぎったのは五体満足かつ爽やかな笑みを浮かべる……ノルレルスの姿だった。

「トリテレイア！　また新しい種族を生み出したっていうのは本当かい？」

「騒ぐな、ノルレルス。我らが主神は一仕事終え、休息中であるぞ」

ノルレルスを諫めるように語ったのは、翡翠色の瞳の竜だった。

竜は四枚の翼を生やし、古竜と同じく四肢を持ちつつ、その巨躯は古竜を優に上回っていた。

さらに白く巨大な角も重々しく、立派であり、その角には見覚えがあった。

――あれは……神竜の角。となれば彼がエーデル・グリラスなのか？　でも角は両方揃っている、折れてはいない……。

俺は一体何を見ているのか。

ぼんやりと周囲を眺め続けていると、蒼穹の下、天界の城よりトリテレイアが現れた。

「ノルレルス、来てくれたのですね。ええ、そうです。私は新たな人型種族を生み出しました。彼ら彼女らは人間。これまで生み出した者らより、私たちに近いものです」

「へぇ……。ってことは僕らの親戚みたいなものなのかな？」

「左様ですね。空の向こう、静寂の闇と瞬く星明かりを司るあなたも、じきに写し身を地上へと生み出せるほどの力に至るでしょう。そうしたらエーデルの生み出した竜種のように、あなたも素敵な者らを創造し、世界を彩るのですよ」

トリテレイアにそのように語られたノルレルスは、見たことのないほど明るい表情で頷く。

瞳は未来への可能性に満ちているかのように、星明かりのように煌めいて、赫色ではない。

漆黒の外套にも血色の装飾はなく、代わりに星々の瞬きのような明かりが散っていた。

「ノルレルスの写し身。星々の化身のように輝く者らとなるかもしれん」

エーデルの言葉にトリテレイアも「きっとそうなります」と応じた。

……これは魔力と一緒に託された、トリテレイアの記憶なのだろうか。

かつてノルレルスと友であった頃の。

「トリテレイア。力が薄れているようだけれど、大丈夫かい？」

ノルレルスが気遣う先には、寝床に伏しているトリテレイアの姿があった。

彼女は額に大粒の汗を浮かべ、息を荒くしながら、小さく頷く。

「問題ありません。人間たちに少々、スキルの解放を行っただけですから……」

「そうか……でも僕らの仕事だから仕方がないね。存在を強く保つためにも、そうやって信仰を増やし、維持しないといけないから。でも信仰を維持してもこんなに弱ってしまうなんて。……やっぱりその体、もう限界なんだね？」

「そのようですね……。放置すれば、この身はいずれ崩れ去るでしょう。といっても、まだ先の話ですが」

トリテレイアがそう話せば、ノルレルスはどこか安堵した様子で微笑んだ。

「なら転生も急がなくてもいいね。少し安心したよ。主神にして親友が消えてしまったら、天界も僕も少し荒れてしまうだろうから」

その時、トリテレイアの表情に少しだけ、影が入ったような気がした。

……もしかしたら既にこの時点で、彼女は転生せずに子を、カルミアを生んで未来を託そうと考えていたのかもしれなかった。

「……聞いたよ、トリテレイア。君は転生を拒む覚悟のようだね？」

時は流れ、いつになったのか。

人間の時間で表すところの数百年後か、はたまた数千年後か。

ノルレルスは真剣な面持ちで、トリテレイアにそのように問いかけていた。

トリテレイアは一つ、頷いた。

「はい。我々神族の力の劣化は転生を行っても止められず、最早ただの延命となるのみ。遂に地上の者たちのスキル覚醒すら、助けられなくなりつつあります。これでは遠くない未来、スキルを与えなくなったとして、地上の各種族は神族への信仰を忘れるでしょう。そうなれば力の劣化した神族は、たとえ転生を行っても……」

「まあ、昔のような力は得られないだろう。でも……だから、なんだと言うんだい？」

ノルレルスは眦を小さく吊り上げた。

「この天界で、かつてのように、僕らだけで繁栄すればいい。存在を強く保てず、力を失っても。転生を繰り返せば僕らの本質である魂は繋がる。永遠に僕らでこの楽園を維持し、持続できる。一体君は、何を迷っているんだい？ ……今更、転生自体に思うところができたとでも？」

トリテレイアは答えない。

されど無言もまた肯定の一種である。

ノルレルスはしばらくその場に立ち尽くしていたものの、遂に外套を翻し、彼女のもとを去る。

しかし去り際、顔を半分ほどトリテレイアに向け、遂に瞳を赫々に輝かせた。

「そうそう、僕の新しい写し身についてだけどさ。……もし君が地上の連中に絆されたなら、僕は奴らを咎める存在を創造しようかな。そうすれば君の考えだって少しは変わるかもしれない」

「ノルレルス……？ まさか、あなたは……！」

駆け寄ってくるトリテレイアを、ノルレルスは手で制した。

「止めるな、主神トリテレイア。神が己の写し身としてどんな種族を創造するかは、主神でさえ口出しできない決まりだ。……僕は名を改める。空の向こう、静寂の闇と瞬く星明かりを司る神の座を捨て、代わりに地の底、深淵より出でし者らの君主となる」

その時、ノルレルスの外套の意匠が血色に滾った。

星明かりを消し去り、己の内なる色で染め上げるかのように。

「待ちなさい、星神ノルレルス。神の座の反転など……！」

叫ぶトリテレイアに、ノルレルスは「否」と力強く返した。

「僕は魔を統べる神……魔神ノルレルス。地上において、魔の者ら以外の全てを害する神にして、この天界の古きを守護する者。……頼む友よ。考えを変えて、元に戻ってはくれないか。そうすれば僕も考えを改めよう。主神である君がそのままでは、他の神も考えに賛同する。その末、きっと神々は転生を諦め、今の天界は、僕らの楽園はじきに滅び去る。だから……」

ノルレルスの友としての頼み。

だが、トリテレイアは首を縦に振ることはしなかった。

……トリテレイアもまた、覚悟を決めていたのだ。

己の命を終わりにしてでも、次世代に全てを託す覚悟を。

それに新たに生まれる神ならば、その力は、転生による劣化を重ねた神族とは比較にならぬほど高いものとなる。

故に神族は世代交代を行うべきと、それこそが力の衰えた神族を存続させる方法だと、主神としてトリテレイアは考えていた。

何より……トリテレイアは俺たちに語った「愛」を信じていた。

だからトリテレイアはノルレルスの言葉を是とせず、ノルレルスもまたトリテレイアの思いを感じ取ったようだった。

「……そうか。なら僕は僕のやり方で天界を守るさ。地上の連中を、天界の神々を殺そうとも。僕は僕の信じる神族という種族のために動く。たとえ君や、君の子を、主神の座から引きずり下ろしてでも……」

そう言い残し、今度こそノルレルスは去った。

恐らくはこれが決定的な決別となったのだろう。

ここからさらに何百年、何千年が経って現在に至ったのかは分からない。

しかしこうやってトリテレイアの記憶を覗いているからか。

トリテレイアの思いを通じて、ノルレルスの本当の考えが伝わってきたのだ。

……カルミアの体を使い転生すれば、ノルレルスは魔を統べる神から神族を統べる神となる。

神族を統べる神なのだから、転生したノルレルスといえど、神族を新たに創造することも可能。

つまりは……ノルレルスは取り戻したかったのだ。

転生で命ではなく、魂を繋ぐ、かつての天界の在り方を。

それを良しとする神々たちを。

己が主神となり、創造することで。

……きっと彼は、それが己の故郷と種族を遠い未来まで存続させる唯一の方法であると、信じていたのだ。

「……ッ！」

リ・エデンの一閃がノルレルスの腹を掠める。

目の前のノルレルスと被さるようにして流れていった、主神トリテレイアの記憶。

それを見てもなお、俺は止まることを善しとできなかった。

……ノルレルスの事情を理解できたところで、奴を滅さない理由にはならない。

奴を倒さなければ次はカルミアが危険に晒されてしまう。

トリテレイアもガラードも戻ってこない。

何より……ノルレルスは俺の中にあった、超えてはいけない一線を大きく踏み越えた。

己の種族の守護が何か、俺にも守るべき相棒がいる。

――ここで奴を確実に倒す。ルーナをこれ以上、傷付けさせはしない！

「ハァァァァァァァッ！」

ノルレルスに神族としての力を使わせまいと、絶叫したまま攻め立て続ける。

限界が近いのか、視界が赤く滲んではっきりとしないが、奴を決して逃がしはしない。

リ・シャングリラの斬撃を牽制に使い、跳躍した奴の回避先へ大まかな狙いを定めた。

「神竜帝国式・竜騎士戦闘術――竜翼輪舞(リュウヨクリンブ)ッ！」

着地に合わせてノルレルスへと、竜の翼を描く軌道の回し蹴りを叩き込む。

リ・エデンとリ・シャングリラの魔力を完全解放し、魔滅の加護を常時通しているこの身は、寿命の近いノルレルスの戦闘能力を完全に上回っていた。

しかも魔滅の加護の籠もった攻撃が幾度も炸裂している。

——このまま、押しきって……！

渾身の竜翼輪舞（リユウヨクリンブ）を胸部に受け、背から倒れ込んだノルレルスへ最後の一撃を放とうと、全身に力を込めた……刹那。

「がっ……!?」

口から、ごぼりと血塊が零れた。

言うまでもない、二振りの聖剣の力を解放し続けた代償だ。

ミカヅチほどの肉体強度もない凡人が力を使い続けた末路。

視界も歪み、一気に暗転していくが、決して崩れ落ちまいとリ・エデンを突き立てて堪える。

耳からも音が遠ざかっていき、いよいよ己に代償として「払える」ものが少ないと悟った。

だが、まだだ。

まだ終われない。

——頼む、後少しで構わない。この場で奴を倒しきれるなら……！

「俺の全てが、たとえ消えても……！」

叫びながら残った力を振り絞って、全力でリ・エデンを掲げた途端。

『——っ！』

唯一、ある程度残っていた触覚に反応があった。

背に柔らかな感触があり、動きが重い。

もしやノルレルスの攻撃かと振り向けば……そこには。

『――――！』

ルーナだ。

瞳から滂沱の涙を流すルーナが、人間の姿となって、後ろから俺に抱き付いていたのだ。

視界が暗く狭まって、五感が鈍っている分、ルーナの存在だけが世界の中で鮮明だった。

「……」

彼女を見ているうち、自然とリ・エデンとリ・シャングリラの魔力が収まっていくのを感じた。

今は力を収めている場合ではないのに、即座に力の解放を取り戻さねばならないのに。

何故か聖剣たちの力を収めなくてはならない気がして、その場に立ち尽くしてしまった。

……そうして数十秒か、数分か。

ゆっくりと音が、視界が、五感が元に戻ってくる。

当然、全身を包む痛みも戻ってきて、思わず顔を顰めてしまった。

ただし呻く間もなかった。

……ルーナの声が胸に、心に届いて、もっと痛かったから。

『あなたは……！　私の一生からしたら、短い間しか傍にいられないからこそ、こんなところで死ねないと言ったではありませんか！　なのに何故、あんな無茶をするのです！　止まってくれたから助かりましたが、あのままではあなた自身、二本の剣の魔力に呑まれて体が砕けていたのですよ！　分かって……聞こえているのですか！　レイド・ドライセン！』

「……聞こえて、いるよ。ルーナ。……ごめん、魔力で今まで耳もやられていた」

伝えれば、ルーナはこちらを見上げた後、再び涙を流した。

そのまま俺の背に顔を埋める。

『馬鹿っ！　ここで魔神を倒せたとしても、あなたが死んでしまっては意味がないではないですか……！　己の感覚を失うほどの無茶をするなんて……！』

「本当にごめん。……冷静じゃなかった」

言い訳じみたことを語りつつ、頭が冷えて、己がしでかしかけた事態を把握する。

怒りに呑まれ、ノルレルスを倒すとだけ考えるあまり、ルーナとの約束を破るところだった。

危うく竜の国に帰れなくなるところだったのだ。

……大切な相棒との、ルーナとの未来が消えてしまう寸前だった。

『酷いものです。あなたも……謝られて、無事と分かった途端に許してしまいたくなる私自身も。

……この二本はもう、没収です』

ルーナは泣き顔のまま、リ・エデンとリ・シャングリラを俺の両手から奪い去った。

戦いの反動で両腕の痺れた俺は抵抗もできなかったが、正直、少し慌てた。

「待ってくれ、まだノルレルスが……！」

『……？　いいえ、ノルレルスなら既に……』

ルーナに言われて見てみれば、ノルレルスは仰臥（ぎょうが）していた。

赫槍を手放し、立ち上がることさえできないようだ。

息を荒くして、全身から蒸発する霧のように魔力を発し、体の端が薄くなっていた。

完全に戦闘不能といった様子に、思わず驚きが零れ出る。

「いつの間に、こんな……」

『分かっていなかったのですか？　本当に焦ったのですよ？　……竜翼輪舞（リュウヨクリンブ）で倒れたノルレルスへ、限界を超えかけて向かっていくあなたの姿。あのままだとあなたが消えて、崩れてしまうのではと、心底恐ろしかったです』

ルーナは安堵したような、どこか不安げであるような、それらが綯（な）い交ぜになった表情だ。

……今後はもっと冷静に立ち回ろうと心に決めた。

また、ノルレルスは口の端から血を流し、自嘲気味に笑った。

「ははっ……侮ったよ、レイド・ドライセン。君の動き、先代の皇竜騎士（インペリアルドラグーン）であるミカヅチにも匹敵していた。怒りで肉体が先祖返りを起こし、エーデルの力を限界まで引き出したのか。なんにせよ、まさかまさかだ。寿命が近かったとはいえ、真正面から打ち負けるとは。情けない限りだ……」

語りつつも、ノルレルスはゆっくりと体を漆黒の魔力という形で崩していく。

誰の目からも奴の消滅は確定的となった。

でも……何故だろう。

奴の消滅を待っていてはならないと、理性と本能の両方が警鐘を鳴らしていた。

「ルーナ、すまない。やっぱりもう一回リ・エデンを……！」

こちらの身を気遣ってリ・エデンを取り上げたルーナには申し訳ないけれど、奴の胸に刃を突き立て、魔滅の加護を放ってとどめを刺さなければ。

俺がルーナに頼んだ直後も、ノルレルスは語り続ける。

「しかし、良い茶番だったよ。せっかくその命と引き換えに、この僕を完全に滅せる好機だったのに。竜姫が君を正気に戻し、生かしたお陰で……僕は最後の手を講じる時間を得た！」

瞬間、星空の異空間が急速に閉じていく。

星空を遥か彼方に置き去りにして、空間が純白の、トリテレイアの異空間へと戻っていった。

途端、視界に入ったのは、

「レイドお兄ちゃん！　姫様！」

「……二人とも、無事……？」

駆け寄ってくるロアナとミルフィ。

さらに……。

「レイド！　ルーナも！　そんなにボロボロになって……！　でもノルレルスを倒したのね！　よかっ……」

目の端に涙を浮かべて寄ってくるカルミア。

消滅しながらも口角を上げるノルレルス。

嫌な予感が全身を突き抜けて、思わず叫んだ。

「カルミア！　逃げろ！　ロアナもミルフィもカルミアを連れて全力で逃げろッ！」

「……遅い！」

声がしたときにはもう、ノルレルスは全身を漆黒の霧として、カルミアへ向かっていた。

事態を飲み込んだのか、俺の声を受けての判断か。

ミルフィは水を練り出し臨戦態勢となり、ロアナがカルミアを庇おうと跳躍するが、それより先に霧と化したノルレルスがカルミアに取り憑いていた。

「ぁ……っ⁉」

霧に包まれたカルミアは宙に浮かび上がり、やがて霧はカルミアの体へ収まっていく。

『カルミア……⁉』

ルーナが問いかけるが、それに応じる声はない。

代わりにカルミアは宙に浮いたまま瞳を開く。

……その瞳は澄んだ藤色ではなく、赫々に輝くものとなっていた。

「くっ……ははは……」

カルミアの唇から漏れ出す、腹の底から出るような笑い声。

総身の毛が逆立ち、現状の危機を感じ取った。

「成功だ……！　僕は魔滅の加護に耐えきり、邪魔する者らを無力化し、遂に転生に成功した！　レイド・ドライセン！　惜しかったね。君があのまま怒り任せに続けていたなら、間違いなく僕の敗北だったよ！」

「……！」

最悪だ、最悪の状況となってしまった。

ノルレルスがカルミアの肉体を奪い、転生を果たしたのだ。

俺がルーナに諭されている間、異空間から脱してカルミアの肉体を奪う算段を付けていたに違いない。

与えてはならぬ隙を与えてしまった事実に、俺以上にルーナが愕然としていた。

「竜姫ルーナ！　特に君はとんでもなく愚かだった。仲間やレイド・ドライセンの覚悟を無駄にして！　世界の全てを滅ぼしてしまうのだから！」

『そんな、私は……』

震え、膝から崩れ落ちそうになるルーナを左腕で抱き留めた。

俺はルーナの手からリ・エデンを受け取り、奴へと右手で剣先を向けた。

「黙れノルレルス！　ルーナは相棒として俺を大切にしてくれただけだ。逆の立場なら俺も彼女と同じようにした。その行いを笑うなら、もう一度、この剣で……！」

「無駄だよ」

ノルレルスは手の中に赫槍を召喚し、小石を投げるかのように腕を軽く振るい、投擲してきた。

まだ残っていたトリテレイアからの魔力の恩恵、視覚の強化でゆっくりと流れる時間の中、ルーナを抱えてその場から飛び退く。

そうして直撃は避けたものの、赫槍が空間の床へ激突した途端。

「くっ……!?」

爆発したかの如き衝撃。

破砕した床の破片に全身を打たれ、大きく跳ね飛ばされた。

赫槍は床を大きく穿ち、陥没させ、大穴を生み出していた。

『レイド!?』

抱えていたルーナは無事だが、あの一撃は、限界を迎えていた俺の肉体を戦闘不能に追いやるには十分だった。

立ち上がろうと全身に力を込めるが、手足の感覚が鈍く、上手く動かない。

「なんだ今の一撃は。軽く振られただけなのに、こんな……!」

呟けば、ノルレルスは陰惨な笑みを浮かべる。

整ったカルミアの顔立ちであるから、表情の違和感を余計に強く感じた。

「当然だろう？　この肉体は寿命とは無縁かつ、神族の力で満ちた、神さえ生み出す次期主神の体。簡単な魔力強化でもこの程度の攻撃を行うのは容易いよ。残念だけれど……今の僕はこの世で最強なのさ。君らに勝ち目は万に一つもなくなった」

ゆっくりと降下してくるノルレルス。

——万事休すか。

せめてロアナやミルフィ、何よりルーナだけでも逃がさなければと思考を巡らせていると。

……俺が握り締めているリ・エデンが。

ルーナの手の中にあるリ・シャングリラが。

それぞれ、翡翠色の輝きを放っていた。

「なんだ、どうしたんだ……？」

二本の聖剣は俺たちの手を離れ、浮かび上がり、やがて一つとなって巨大な影を成してゆく。

片角の折れた頭部、二対四枚の翼、古竜を優に超える巨躯、全てを射貫くような翡翠色の瞳。

半透明ながら、この姿は、トリテレイアの記憶にもあった……。

「神竜エーデル・グリラス……！」

倒れたまま見上げれば、エーデルは『如何にも』と応じた。

『遅れてすまぬな、当代の皇竜騎士（インペリアルドラグーン）。この身は既にノルレルスに敗れた後。故に擬似的な転生を行える器を求めていた次第だ』

『もしや二本の聖剣を糧に転生を……？』

『然（しか）り。我が末裔、ルーナよ。レイドが死力を尽くし、二本の聖剣の力を引き出したお陰で、それらは本来の格を、我が力を完全に取り戻した。魔滅の加護は元々我が魂の一部。なればこそ……この身、この魂が馴染むのも道理であろう』

そうしてエーデルは視線をノルレルスに移す。

ノルレルスはカルミアの端正な顔立ちのまま、歪んだ笑みとなる。

「……そうか。砕かれた肉体の代わりに、竜の国にある角を依（よ）り代（しろ）にしていたね？　でもねエーデル、見ての通り全て終わった。そして僕はもう魔神ではなく新たな主神。君お得意の魔滅の加護はもう効かない！」

『抜かせ、その体たらくで転生とは笑わせる。貴様はカルミアの魂に己の魂を被せているに過ぎぬ。貴様の魂を綺麗に引き剥がせば、我が友の娘はまだ戻ってくる！』

エーデルはノルレルスへと羽ばたき、抵抗も許さずその身を顎で呑み込んだ。

半透明な肉体の中、ノルレルスはもがいていた。

「離せエーデル！　肉体が滅びてもなお、魂をこの世に留めていたのは褒めよう。だが決着がついた後、不完全な転生で僕に食い下がるのは美学に欠けるぞ！」

『それで結構！　我が末裔が、その相棒が、互いを思いやる心を、二人の語るところの愛を見せてくれたのだ！　あらゆるものを超越して互いを想い合う魂を見せつけられ……何故、助力せずにいられようか！』

「ぐっ……エーデルッ！」

エーデルの肉体は徐々に収縮し、やがて光となりカルミアの体を包み込む。

ノルレルスは抵抗していたようだが、遂にエーデルの力に押され、漆黒の霧がカルミアの体から噴き出した。

そのまま神竜の力は半透明なエーデルとなり、魔神の力は半透明なノルレルスとなる。

カルミアの肉体はゆっくりと降下し、目を閉じたまま倒れ込んだ。

『レイド・ドライセン！　頼む！　今一度、我を……我が魂をその手に宿せ！』

「……御意！」

ルーナに支えてもらい、死力を振り絞って立ち上がれば、神竜の体は一振りの剣となって俺の手に収まった。

白銀の鱗を思わせる柄、瞳と同じ翡翠色の刃。

正に神竜の魂と加護を宿した、新たな聖剣である。

それを手にし、俺は半透明な、恐らくは魂のみであるノルレルスへと向かった。

「……レイド・ドライセンッ！」

「ノルレルスッ！」

一瞬の交錯。

ノルレルスが悪あがきで構えた赫槍を、俺は神竜の聖剣で奴諸共(もろとも)両断した。

途端、奴の体は今度こそ空間に溶けるようにして消えていく。

神の死、魂の消滅だ。

「全く。君はどこまでも僕の邪魔をするね、エーデル」

『……赦せとは言わん。だが認めよ。彼らこそが新たな時代を創り、生み出す者。創造は神のみに許された権能ではないのだ』

「だから神々の時代は終わっていいと？」

『後は後進に託せと言っているだけだ』

「ははっ、相変わらずだね。でも君はそういう奴だった。ずっと、ずっとね……」

ノルレルスの最期の言葉は、決して恨み言ではなかった。

何かを懐かしむような響きがあり、ただ言葉と一緒に、空間に溶け去っていく。

次いで神竜の聖剣も役目を終えたためか、翡翠色の輝きとなって消えていく。

リ・エデンとリ・シャングリラに戻ることもなく、ただ静かに。

『神竜様……！』

聖剣へと寄ってきたルーナに、神竜も最期の言葉を残す。

『そのような顔をするな、ルーナ。よいのだ、これで。やっと……我が相棒、ミカヅチのもとへ大手を振って旅立てるのだから。お前も傍らの相棒を愛し続けよ。それがどんな愛であれ、きっとお前を、未来へ導く……』

消えゆく神竜、聖剣へと、ルーナは力強く頷いた。

『心得ております。……あなたもミカヅチを、相棒として愛していたのですね』

ルーナは翡翠色の輝きを見送ってから、こちらを向く。

『……終わりましたね、全て』

俺は倒れたカルミアを抱き上げながら、ルーナに返事をする。

「そうだな。後はトリテレイアとガラードが戻ってくれば……」

話したところで、空間に翡翠色の亀裂が走った。

すると中から臙脂色の竜と、天界を統べる主神が姿を現す。

『かーっ！　やっと戻ってこれたぜ……！』

「ガラード！」

ロアナが駆け寄ると、ガラードは翼を伸ばして『どうにか生きているから、そんな顔すんなよ』と笑った。

「レイド、ノルレルスは。それに……エーデルは」

問いかけてくるトリテレイア。

しかし聞きつつも、彼女も全てについて気付いているはずだ。

晴れない表情を見る限りでは間違いないが、それでも聞かずにはいられなかったのだろう。

記憶から伝わってきた。

主神であるトリテレイアは……エーデルのみならず、ノルレルスだって愛していたのだから。

その最期を確認したいというのは自然だった。

「ノルレルスもエーデルも、もういません。全部、終わったんです」

「そうですか……」

「……っ、ううん……」

腕の中で、小さくカルミアが身じろぎする。

ゆっくりと開いていく瞳は、元の藤色に戻っていた。

ノルレルスの力は完全に失せたようだと、肩から力が抜ける思いだった。

「レイドに、お母さん……？」

「カルミア。目が覚めたのですね」

トリテレイアはカルミアの頭を、優しい手つきで撫でた。

俺がカルミアを降ろすと、トリテレイアはカルミアを柔らかく抱く。

……その後ほどなくして、彼女の体から黄金の光がふわりと浮かび上がった。

これは……先ほどのエーデルや、ノルレルスと同じだ。

寿命が迫った神族は最期、魔力や光となって消えていく。

母親の異変に気付いたのか、カルミアは顔を上げてトリテレイアを見つめた。

「お母さん……？　もしかして、もう……」

「ごめんなさい、カルミア。私は力を使い果たしつつあります、もう、お別れなのです。あなたにはもっと、多くを授けてあげたかった……」

するとカルミアは首を横に振った。

「いいの。こうやってちゃんと話せたもの。それにノルレルスが私の中に入ってきたとき、分かったの。神族は転生しないとき、代わりに次代に知識と力を授けるって。ノルレルスも本当は、お母さんが転生を拒んで消えちゃうのを悲しんでいた。でも私は違う。お母さんの多くを受け継いで、いつでも一緒にいられるんだから。悲しくはないよ。それが神族っていう種族の在り方なんだもの」

カルミアもノルレルスの記憶を覗いたのだろうか。

彼女にはもう、別れを惜しむ悲しさはなかった。

……神族にとって重要なのは、やはり肉体よりも魂や記憶なのかもしれない。

人間ならば今生(こんじょう)の別れとなり、深い悲しみは避けられないだろう。

それでも二人には二人なりの親子の愛が確かにあった。

「肝心なことは、ノルレルスが教えてくれたのですね。……では最後に。こうして肉体を持って交わす、最後のお話しをしましょう」

トリテレイアの体は光の粒子となって、徐々に姿が薄れていく。

己の消滅が近い中でも、トリテレイアは穏やかな様子で続ける。

「あなたはこの世界を、どんなふうに導きたいですか？　どんなふうに愛したいですか？」

するとカルミアは明るく微笑んだ。

「レイドやルーナがいた竜の国みたいな。お母さんと私みたいに、猫精族（びょうせいぞく）やケルピーの親子が仲良くいられるような。私、そんな温かい世界にしたい！」

宣言するように話した途端、カルミアに異変が生じた。

その身を包む衣服はトリテレイアのようになり、背には光の粒子が集まって翼が生じていく。

カルミアは光そのものを纏うかのような姿となっていった。

「お母さん。私、レイドやルーナたちから沢山の愛を教わったの。家族、一族、友達……種族さえ超える愛に、大切にしたいって気持ち。この世界にはそういう想いが、色んな愛があっていいと思う！」

娘の輝くような意思に、トリテレイアも安堵したのか。

どこか救われたような面持ちで、カルミアへと話した。

「ではカルミア、主神としての初の仕事をあなたに任せます。全てを、あなたの温かな思いで、包んであげてくださいね……」

そうしてトリテレイアの体は完全に光の粒となり、カルミアの纏う光と一体になっていく。

カルミアは両手を組み、目を瞑った。

……その後、一気に目を見開くと、真っ白だったトリテレイアの空間が様々な景色を映し出す。

魔霧に覆われた空に地上、山、海、国。

魔族が闊歩するそこへと、天界からカルミアの光が伝わっていくのが分かった。

聖なる光は連鎖するように増加し、魔霧を排除し、重たい暗雲を消し去り、世界の全てを暖めていく。

陽光が降り注ぎ、青空が広がり、花が咲いて鳥が鳴き、魔族と化した動植物の全てが元に戻っていった。

トリテレイアの全てを受け継ぎ、主神として覚醒したカルミアは、この世界を照らしている。

それからカルミアが腕を振るうと、空間に古竜も通れるほどの、白い扉が現れた。

「皆、ここから出ようか。いつまでもここにいるわけにはいかないもの」

カルミアの言葉に従い、俺たちは開かれた扉を潜る。

その先は天界であり、やはり瓦礫の山となっているが、天には蒼穹が広がっていた。

「天界もこのままじゃあ見栄えが悪いわね……それっ！」

カルミアが四方八方へ光を放つと、閃光は瓦解した建物を包み、元通りに戻していく。

時が撒き戻るかのような光景に、全員が絶句していた。

「これが万全となった主神の力なのか……」

「素敵な力でしょ？　お母さんの記憶をもとに天界を再建したの。これでレイドたちも少しは観光できるわね」

主神となってもなお、カルミアはカルミアだ。

明るく、少しだけ茶化したようにそう言い、俺たちを笑わせてくれた。

「カルミアはこれから、天界で生活するのか？」

「そうなるわ。しばらくは世界のバランスを取らないと。主神のお仕事みたいだから」

『しかし一人というのも寂しくはないのですか？』

ルーナの問いかけに、カルミアは唸った。

「うーん。それは確かに。一人でいるのもなんだし、そのうち新しい神族も生み出すかもね。でも……その前にレイドを神様に据えちゃうかも」

「えっ？」

この子はまた、いきなり何を言い出すのか。

カルミアはどこか悪戯めいた笑みで続ける。

「今なら分かるの。レイドのご先祖様がレイドに神族式の記憶継承ができたのも、神竜エーデル・グリラスの力である魔滅の加護があったからだって。レイドはその時から神竜の力を扱っていた影響で、体の方は神族の力を受け入れやすくなっている。実際、戦っていたときも肉体に魔滅の加護を通していたみたいだしね。……つまりレイドの体は人間よりも神族寄りになりつつあったってこと。だから今の私の力も合わせれば、レイドを神族にだってできるかもーって」

「い、いやいや。流石にそれは……」

神様にならないか、なんて誘われても困る。

何より……。

『レイドはこの先も私と共に歩む約束ですから。天界に残るようでは困ります。それにレイドが神族になってしまえば、カルミアへとその……婿入りするようではありませんか！』

「……」

喩えが少し違う気がするけれど、ルーナの言うことは間違いではない。

「そうだな、俺は今後もルーナと一緒にいるから。神族になって天界にずっといるのは難しいよ」

カルミアはわざとらしく「あーぁ」と肩を落とした。

「フラれちゃった。人間にフラれた神族なんて、後にも先にも私くらいかな……なんてね。レイドらしいかな、でも」

カルミアはルーナに近寄り、何か耳打ちしていた。

ルーナも最初は怪訝な顔をしていたけれど、すぐに『ほうほう』と納得した表情となる。

『なるほど、それはそれは。……では、そういうことにしましょうか』

「ええ。そういうことでね」

「待て二人とも、一体どんな話をしたんだ？」

不穏な気がして聞いてみれば、二人は揃って『「良い話」』としか答えてくれなかった。

竜姫と主神の内緒話……やっぱり知らない方が良いかもしれない。

何せ俺はしがない竜の世話係、藪蛇は突かないに限る。

それからカルミアは俺たち一人ひとりと話をした。

ロアナやミルフィには「しばらくお別れね」と別れを惜しみ、ガラードには感謝を伝えていた。

最後に……カルミアは俺たちを淡い光で包み込むと、傷を癒やしてくれた。

「ごめん、治癒が後回しになったけど……皆、これで大丈夫なはずよ」

「痛みが一気に消えた……。カルミア、本当に神様として覚醒したんだな」

「それはそうよ。これでも私、女神トリテレイアの娘だもの。この力で天界から、世界を守り続けるわ。これまで神族が行い、ノルレルスさえも、かつてはそう願っていたように」

カルミアはそう告げて、地上を眺めてから、

「レイド。竜の国に帰る前にもう一つだけ言わせて」

「なんだい、カルミア」

カルミアは俺の両手をぎゅっと握って、トリテレイアを思わせるような、柔らかな笑みとなる。

「私を、未来を、愛を守ってくれてありがとう。私、いつまでもあなたたちを覚えているから。遠い未来になっても、レイドやルーナたちから新しい時代が始まったんだって。そうやって……ずっとずっと、覚えているから」

神族の神、主神カルミアはそう言って、俺たちを送り出してくれた。

……彼女が主神となれてよかったと、竜の国で出会えてよかったと。

そんなふうに思いながら、俺はルーナの翼を借り、竜の国へと戻っていった。

エピローグ◆二人の思いは

魔神ノルレルスの引き起こした、世界を一変させてしまうほどの大事件から、十日ほど。

帰還した俺たちは、竜の国に残っていた皆や、ノルレルスの配下を抑えてくれていた皆から、盛大に出迎えられた。

空が晴れ魔霧も消え、世界が元に戻ったことで、ノルレルスを撃破したと皆も気付いたそうだ。

特に若い古竜たちは喜びのあまり騒ぎ回り、ロアナやミルフィを踏みつけそうになったので、ガラードに諫められて黙らされていた。

そうやってしばらくの間、俺たちは健闘と勝利を讃えられたものの……。

すぐに犠牲者を弔わねばといった話しとなり、皆、表情を暗いものに一転させた。

古竜や空竜の犠牲者も、決して少なくはなかったからだ。

黒騎士たちを抑え続けるため、やはり無茶をした者も多かったらしい。

ルーナの言いつけを守り、危なくなったら竜の国へ帰還する者もいたようだが、負傷した竜は大抵の場合は仲間の盾となったり囮(おとり)となり、そのまま戻らなかったと聞いた。

俺も家族同然に世話をしてきた空竜たちの何体かが亡くなったと知ってから、正直、木陰で涙を流した。

皆、気付いていたかもしれないけれど、その時は俺をそっとしてくれていた。

それから竜の国の習わしに従い、亡くなった竜は速やかに竜王のブレスによる炎で焼かれ、綺麗な骨となり、竜の国にある墓所へと丁寧に埋葬された。

今回は空竜も共に葬られ、フェイのように生き残った空竜は竜王に感謝を述べていた。

……とはいえ、当のフェイも無事ではなかったのだ。

「フェイ、後脚の指が……」

犠牲者を弔う際、生きているとようやく確認できたフェイの右後脚は、指が二本奪われていた。

痛々しい傷跡ながら、竜の高い治癒力で傷は既に塞がりつつあったのが、不幸中の幸いだった。

フェイはゆるりと首を振った。

『仕方のないことだ。寧ろ黒騎士の群れを抑えて、この程度で済んだのは僥倖だ。……奪われたのは指だけであるし、歩けはする。レイドの子を見るまで生き延びられそうではあるな』

冗談交じりのフェイの口調に、少しだけ笑いが零れた。

……そうやって古竜や空竜、猫精族の無事な者たちと言葉を交わした後。

最後にアイルが押しかけてきて「ええい！　妾も労わぬか！　魔力切れで死ぬ寸前であったのだぞ！」と出撃前の威厳はどこへやら、いつも通りの彼女にほっこりとさせられたりした。

こんな形で十日ほどはあっという間に過ぎていき……時は現在に至る。

「メラリア、もう行くのか？」

「はい。里の再建も途中ですし、赤子たちの元気な様子も見られましたから。レイド殿も、あの子らをもう少しだけ頼みます」

ガラードの背の上、メラリアはこちらにそう言った。

周囲には他にも、多くの猫精族や荷物を乗せた古竜が勢揃いしている。

さらに子連れの猫精族たちもそれを見送りに訪れていた。

ロアナに至っては今日も故郷の大人たちに可愛がられており、尻尾が嬉しげに左右へ揺れていた。

……そう、今日は竜の国に避難してきていたメラリアたち猫精族が再び、里に戻る日なのだ。

彼ら彼女らにも、なすべき仕事が多く残っているのだから。

「とんでもない事態の中だったけど、久々に会えて嬉しかったよ。それと……改めて謝らせてほしい。リ・エデンとリ・シャングリラのこと」

既にメラリアには伝えてあるが、二本の聖剣はエーデルが一時的に転生した際に使われ、最後は一本の聖剣となった後、役目を終えて消えてしまった。

特にリ・エデンの方は守護剣として、猫精族が代々御神体同然に扱ってきたものだ。

仕方がなかったとはいえ、メラリアたちには申し訳なく思っていた。

しかしメラリアは「よいのですよ！」と明るく返事をしてくれた。

「元々、あれは皇竜騎士ミカヅチの持ち物でしたから。何より魔の源を討つためにレイド殿に振るわれ、消えたのであれば、メラリアたちも文句はありません。代わりにお渡しした鎧はお返しいただけましたから。今度はこの鎧を守護剣の代わりに大切にします。新たな皇竜騎士(インペリアルドラグーン)の伝説を支えた、栄(は)えある品として」

メラリアはそう言いつつ、ガラードの背に括り付けられている木箱を指した。

かつてミカヅチが纏い、俺も身に付けた鎧は、彼女の言ったようにしっかり猫精族(びょうせいぞく)に返却した。

新たな皇竜騎士(インペリアルドラグーン)の伝説を支えた、なんて言われるのはどこかこそばゆいけれど。

もしかしたら、かつてミカヅチもこんな思いだったのかもしれない。

『他の連中の準備もできたみたいだ。そろそろ行くけど、構わないかよ？』

「お願いします、ガラード殿」

メラリアの了承を受け、ガラードが咆哮を上げれば、古竜たちが次々に飛び立っていく。

去り際にメラリアは「それではレイド殿、ルーナ殿！　またいつか！」と手を振ってくれた。

それをルーナと一緒に手を振って見送り、彼らが遠く、空の向こうに小さくなっていくまで、その場に佇んでいた。

見送りに来ていた猫精族(びょうせいぞく)たちは次第に集落へ戻り、ロアナやミルフィはケルピーの親子を見てくると出かけていった。

古竜たちも時間帯的に昼寝をするのか、各々散っていく。

最後にその場に残って空を見上げているのは、俺とルーナのみだった。

人間の姿のルーナは、そのまま空の向こうを見上げながら話す。

『今頃、この蒼穹の向こうでカルミアも過ごしているのですね』

「そうだな。主神として色々頑張っているんじゃないかな。この世界を暖かく照らすために」

……思えば、本当に色んなことがあった。

竜脈の儀でカルミアが落ちてきてからの日々は怒濤で、どれも輝いていたものだった。

記憶がない……もとい、生まれたてだった分、少し抜けているところのある神様だったけれど。

それでもあの子が俺たちにとって大切な仲間で、竜の国で暮らす家族だった事実は変わらない。

カルミアがいつまでも俺たちを覚えていると言ってくれた分、俺もいつまでもカルミアを覚えていよう。

神族より、古竜より、ずっと短い寿命の身ではあるけれど。

それでも精一杯、しがない竜の世話係なりに生きてみようと、心から思えた。

……そしてふと、カルミアの話題で思い出したことが一つ。

「そういえばルーナ。天界から出る前、カルミアと何か話していたよな？　あれ、一体なんだったんだ？」

『あれですか。そうですね……あの時も知りたそうにしていましたし。何よりレイドの同意も必要な内容でしたし。せっかくですから、今のうちに話しておきましょうかね』

そう言い、ルーナは間を作って、何か溜めるようにしてから話した。

『……私とレイドは無事に竜の国に戻って来られました。しばらくの間、二人は別れの危機から遠ざかったのです。しかしいつかは……それも私からすれば遠くないうちに、レイドとの別れは来るでしょう』

「それは……」

種族が違うのだから仕方がない。

でも俺は決めたのだ。

ルーナからすれば短い間でも、ちゃんと傍にいようと。

改めてそう伝えようとするものの、ルーナは食い気味に続ける。

『……ですが！　そんな私の不安を悟ったのか、良い話として提案してくれたのがカルミアなのです。レイドが神族になるという話。あれさえ了承してもらえれば、レイドの寿命も格段に延びるとのことでした。なのでもし、レイドが寿命や病、怪我で弱ったらすぐに神族にしてしまおう、そうすればすぐに別れは来ない……そういうお話でした』

「おいおい。あの時のカルミアの話、本気だったのか……」

半ば冗談だと思っていたけれど、本当に俺が神族になってしまう未来もあるというのか。

畏れ多いような、カルミアもルーナも本気かと突っ込みたくなるような、少し複雑な気持ちにさせられた。

『それでレイド。どうですか？　カルミアはいざとなったら問答無用で……とも言っていましたが、私としてはやはりレイドの同意もほしいなと』

「ルーナ、俺が神族になることは反対していなかったか……？　婿入りがどうとか言ってさ」

聞いてみれば、ルーナはあの時を思い出したのか、赤面しつつ視線を少しだけ逸らした。

『……神族となった場合も天界に召し上げることはしないと、カルミアも約束してくれましたし。レイドの寿命問題が解決するなら背に腹は代えられは……』

いつになく現金なルーナ。

そんなに離れたくないのかと驚くと共に、少しだけ嬉しく思う自分がいた。

ルーナの想いは、彼女に深く好かれている証拠でもあったからだ。

『それでレイド、改めてどうですか？　生命の道理を外す行いとは承知ですが、ここは一つ、主神の許しがあったということで』

こんなにも押しの強いルーナも稀だ。

しかし竜の世話係風情が神族になんてなっていいものか、そこだけ引っかかってしまう。

そこで俺はルーナにこう話した。

「もしも俺が爺さんになっても、ルーナが俺のことを好いてくれていたなら。その時にまた改めて考えるよ、前向きに」

『何を言うかと思えば。私はずっとずっと、レイドのことが好きですよ。これだけは、あなたに命を救われたあの日から、未来永劫変わりません』

……あまりにも真っ直ぐなルーナの思い。

面と向かって言うのも恥ずかしいのか、彼女は少し顔を赤くしつつも、それでもはっきりと語ってくれた。

──本当、俺には勿体ないくらいの相棒だな。

『これも全て、カルミアの言葉も借りれば「愛故」です。……それと一つ、私もレイドに聞いてみようと思っていたことがあるのです』

「遠慮なく聞いてくれよ。俺もカルミアとルーナの内緒話について教えてもらったし」

するとルーナは『では遠慮なく』と言ってから、深呼吸を一つ。

『カルミアの言ったように、世界には色んな愛があります。その中で、私とレイドの愛はどんな愛だと思いますか？』

そんなふうに問いかけてきたルーナの瞳は、今日も空色に澄んでいた。

彼女の瞳を見つめながら、照れそうになりつつも、俺は確かに話した。

心の内を言葉として、偽りなく紡げるように。

「どんな愛か……言葉にすると難しいけど、俺はいつも傍にいてくれるルーナが好きだよ。相棒って言葉じゃもう表しきれないかもな」

この返事が上手い答えになっているかは分からない。

それでもルーナの問いに対する返事としては、嘘偽りのないものだった。

『つまりは相棒以上の愛。そうですね、私もそんなレイドが大好きです』

微笑むルーナはそれから、ぴったりと肩を合わせてきた。

何時も離れず傍にいる、そんな意思を示すかのように。

——今日も蒼穹は高く、雲は白く、そよ風は爽やかに駆けていく。

そんな平穏と一緒に、俺はルーナの想いと、命や愛を感じさせる温かな熱を感じていた。

《了》

あとがき

読者の皆様、本作を手に取っていただきありがとうございます！

一巻を読んでくださった方はお久しぶりです、八茶橋らっくと申します。

神竜帝国のドラゴンテイマー二巻、いかがだったでしょうか。

楽しんでいただけたなら何よりです。

一巻に続き、こうして二巻でもあとがきを書く機会をいただけたのですが、さて、読者の皆様に感謝の他に何をお伝えするべきかと悩んでいる次第です。

作品を楽しんでいただければ何より！　感謝もお伝えしたならば、それ以上は蛇足か……！　と思いつつ、せっかくのあとがきですので、少々お話しさせていただけますと幸いです。

・内容について
一巻で綺麗に幕を閉じることもできた——と、八茶橋は考えていた——本作ですが、なんとこの通り、続刊のお話をいただきました。

続刊が決定した以上は続きを書くべしと、色々と考えて完成したのが二巻になります。

そして改めてですが、一巻は「誰かのための行いは、巡り巡って自分へ戻ってくる」というテーマの物語でした。ヴァーゼル戦でのレイドの回想が全てを物語っています。

では二巻はどんなテーマであるかと言えば、本編を読まれた方にとっては今更とも思いますが「愛情にも色んな形があるけれど、誰かを大切に想う愛とは凄い力を持っているのである」というものになります。

カルミアも作中で「色んな愛があっていいと思う！」といったような発言をしていますが、八茶橋もそう感じています。愛も感情と同様、きっと十人十色のものがあるのでしょう。

・神様親子の名前について

カルミアの花言葉は「大きな希望」、トリテレイアの花言葉は「受け入れる愛」や「守護」なのだそうです。

新たな希望として生まれたカルミアに、神族を永く温かく守ってきたトリテレイア。

二人に相応しい名前であると思います。

・コミカライズについて

一巻の帯にて進行中と告知されていましたが、とても素敵な作画で進んでいます。

原作読者の皆様、ぜひチェックしてくださいませ！

・最後に

二巻も素敵なイラストを描いてくださったゆーにっと先生、諸々の調整や対応をしてくださった担当編集のM様、それに本作の刊行でお世話になった全ての皆様、心より感謝申し上げます。

読者の皆様、改めて本作を手に取っていただきありがとうございました。

またどこかでお会いできますと幸いです。それでは今回はこれにて失礼いたします。

八茶橋らっく

ラスボス、旅に出る。

絶望的な設定(殺される運命)に逆らう男、天然聖女(最強の敵)と共に無双に次ぐ無双旅を開始!

神竜帝国のドラゴンテイマー 2

発 行
2023 年 11 月 15 日　初版発行

著 者
八茶橋らっく

発行人
山崎　篤

発行・発売
株式会社一二三書房
〒101-0003　東京都千代田区一ツ橋 2-4-3 光文恒産ビル
03-3265-1881

編集協力
株式会社パルプライド

印 刷
中央精版印刷株式会社

作品の感想、ファンレターをお待ちしております。

〒101-0003　東京都千代田区一ツ橋 2-4-3 光文恒産ビル
株式会社一二三書房
八茶橋らっく 先生／ゆーにっと 先生

Printed in Japan, ISBN 978-4-8242-0057-0 C0093
※本書は小説投稿サイト「小説家になろう」（https://syosetu.com/）に
掲載された作品を加筆修正し書籍化したものです。